李 瑛 1926年12月生，男，汉族，河北省丰润县人。

1945年考入北京大学文学院中文系，边读书边从事进步学生运动并加入中国共产党。1949年春毕业后参加中国人民解放军随军南下，任南下新闻队队长。1950年底调总政治部，旋即赴朝鲜战场工作和采访；回国后任文艺刊物编辑、总编辑、出版社社长、总政治部文化部部长。获中央军委颁发的胜利功勋荣誉章。1956年加入中国作家协会，历任中国作协第三、四、五届理事及第四、五届主席团委员，中国文联第五、六届委员及副主席等。1942年开始写作并发表作品。先后出版长短诗集和诗论集六十种。2010年中国文联出版社出版了《李瑛诗文总集》十四卷。其所出单行本曾连续获第一、第二届全国优秀诗集一等奖，首届鲁迅文学奖，全国图书奖及全国“五个一工程”一本好书奖，以及其他众多全国全军重要奖项，有多部研究他诗作的学术专著问世。2016年华艺出版社出版了《李瑛诗歌研究文选》上、下卷。中美建交不久，1982年和1984年，曾两次作为中国作家代表团成员参加中美作家会议，并应邀访问过亚非拉欧美等许多国家，有多部诗集和组诗被译成多国文字出版和发表。

诗使我变成孩子

李瑛 著

昆仑出版社

图书在版编目（CIP）数据

诗使我变成孩子 / 李瑛著. –北京：昆仑出版社，2017.8

ISBN 978-7-80239-221-2

Ⅰ. ①诗… Ⅱ. ①李… Ⅲ. ①诗集–中国–当代

Ⅳ. ①I227

中国版本图书馆CIP数据核字（2017）第156720号

诗使我变成孩子

编　　著：李　瑛
特邀编辑：程步涛
责任编辑：张良村
封面设计：李　戎
责任校对：孟凡思
出版发行：昆仑出版社
社　　址：北京市西城区地安门西大街40号　　邮政编码：100035
电　　话：66531659
经　　销：全国新华书店
印　　刷：北京中科印刷有限公司
开　　本：A5
字　　数：220千字
印　　张：8.75
印　　数：1–3000
版　　次：2017 年 8 月第 1 版
印　　次：2017 年 8 月北京第 1 次印刷
ISBN 978-7-80239-221-2
定　　价：28.00元

目录

爱与美的舞蹈

给朋友们

旅　踪

战争与和平

自　序

这本书共收抒情短诗120首。

从2010年1月中国文联出版社出版了我的十四卷本《诗文总集》之后，我先后又出版了两本诗集单行本：一本是上海文艺出版社出版的《北窗集》，另一本是2013年作家出版社出版的《比一滴水更年轻》，现在这一本是第三本了。这120首诗绝大部分都是2013年之后的新作。此外，也有十几首是前些年略早些的旧作，都发表过，但由于疏漏，未及时收入当时编印的集子；近年来，有些热心的朋友和细心的读者发现了它们，来信相告，并附来剪报，建议将它们收入诗集以免散失。真要感激这些爱诗的朋友和读者的殷殷深情，这里就将它们经过遴选，收在书中。

这些诗涉及的生活面很宽，表现形式也不尽相同，但都是我这几年生活中的所闻所见、所思所想的情感投影，是我生活经历的诗记忆，是我的认识和发现。我曾经说过，我骄傲我们民族博大精深的古文明，深刻的思想智慧，深邃的哲学理念，崇高的人生精神，灿烂的艺术美学，孕育了我创作的基因；我也敬畏西方不同宗教、不同种族所创造的恢宏的精神世界，特别是晚近世纪以来，人文艺术领域所展现的新流派、新理念、表现上的新手法、新技巧，它们穿透时空的力量，又生动、又新鲜的审美元素，给了我巨大的启示。研究西方诗歌美学时，我发现了一些与东方传统美学不同的地方，但也有很多彼此相通的语言。就是这些丰富的营养滋育了我，使我成长。

我有幸生活在这个轰轰烈烈的有声有色的大时代里，祖国腾飞、民族崛起，在朝气蓬勃的时代精神浸润下，生活中每分钟都有奇迹发生，人们的心灵世界变得更丰富、更生动活泼，也更复杂。由此常激发自己产生种种独有的人生体验和感悟，并敏锐地找到传达这种直觉感应的形式。我就是这样怀着难以抑制的创作欲望，观察、倾听和抚摸这个瞬息万变的世界并描绘它们的；或者也可以说，这个充满太多矛盾、斗争、欢乐、痛苦、恐惧和希望的世界，怎么也无法阻止我用满腔的激情来抒写它们，点染它们，歌唱它们。

感谢昆仑出版社的朋友们帮助我出版这本书。也许它是我诗歌创作生涯七十多年中出版了六十多种书中的最后一本诗集了。这不禁使我想起三十多年前经历的一段难忘的往事。那是十年浩劫后，我国进入改革开放的历史新时期不久，那真是满目疮痍，百废待举，受到严重摧残的我国文学界刚刚惊魂甫定，纷纷忙于恢复重建。1982年4月，总政文化部和中国作协联合召开了一次重要的“军事题材文学创作座谈会”，在此前后，一向极为重视文化工作的部队，时任总政文化部部长的刘白羽激情满怀的多次找我商谈加速推动军事文学发展的具体举措，为培养和深造军事文学创作人才，在解放军艺术学院增设了文学系；为开拓军事文学发表园地，在解放军文艺社增办了大型文学期刊《昆仑》，并成立了昆仑出版社；接着又设立了“中国人民解放军文艺奖”，定期评奖；为开阔部队作家襟怀和视野，又商同作协制定了军地作家定期组团互换采访的机制。一时间，部队里掀起了一股加速培养和提高文学创作人才、力促文学精品诞生的热潮。事实证明，由于这些具体措施的落实，以及作家自身的努力，在一个不太长的时间里，部队便涌现出不少迅速成长起来的优秀作家和一批批广受群众欢迎的好作品。记得当时，我为《昆仑》期刊创刊时写了一篇《巍巍雪峰》的《创刊献词》。之后，出版社的朋友便对我说，你也给新建的昆仑出版社一本诗集吧！我当即答道，“好，谢谢你！一定！”之后未几，我便调离了解放军文艺出版社到总政文化部工作。至今，转眼三十多年在紧张繁重的忙忙碌碌中匆匆度过了。这期间，尽管出版社的机构和人事几经调整、变易，但有的朋友还记着这件事。而匆忙中的我，虽不时记起却始终未能履约，想起来深感愧疚。

漫漫人生路，如今不知不觉中我已年逾九十，这里，就让我把我一生中最后的这部书稿献给昆仑出版社吧，以此作为我履行三十多年前情感所做的承诺，尽管已是太迟太迟了。

人类智性符号最高的诗歌呵，既然历史选择了我来到今天，我便想把表现它作为我最初的也是最后的创作来完成。我既尊重自己的感觉，也尊重自己的理智，我常默默地告诫自己：按照诗的规律来进行艰辛的严格的创作训练吧，永远不要满足自己的追求，不要作狭隘的简单化的理解，现代化并不是西洋化，民族化也并不是古典化。在纵的继承和横的借鉴上，在创作实践上，做潜心的探索和尝试吧。积极地拥抱生活吧，它会激起你不断的创作冲动和灵感，引发你的领悟，从社会到历史。走向大自然吧，去寻找自己的位置，在认识人的崇高和大自然的永恒中发现自己的美和与自己共生的生命和事物的美。加强诗的想象吧。在诗的内部和外部，注意韵律节奏的和谐和平衡吧。记住：限制会使诗获得更强的生命，完全放任的自由会使诗死亡。

毫不讳言，我是怀着使命感来写作的。读者朋友们呵，我写出的这些我个人心头的秘密，能给你们一些有益的东西么？我不敢企望它所延伸到语言之外的力量能使人的心灵在潜移默化中变得美和崇高，我只想说，让它们能使你们有所启迪，看到我们生活的这个世界的自然和真实，像孩子的眼睛看到的那样就够了。

李　瑛

2017年4月

亲情依依

我的诗的诞生

早春，乌黑枝头上，忽见
吐出一抹新绿
多么美，生命多么美
整棵树仿佛都骄傲得微微颤动
树下，残雪边，两朵小黄花
偎依着悄悄开放了
我知道它们在幸福地相爱
——我的诗便在那里诞生

清晨，医院病床上，又一个婴儿
一边哭，一边蹬着小腿，惊奇地
望着这个世界，他在想什么
昨夜，梦见我逝去的妻子
披一天风雪回家来看我
我泪流满面地紧抱着她
瞬间，想起世事沧桑、人间生死
——我的诗便在那里诞生

当我在悬崖看见四肢攀爬的挑夫
在江边听见纤夫咯血的号子
当我在南方看见棵棵橡胶树
甘愿割开伤口献出滴滴乳汁
在北方看见棵棵胡杨
一百次死去又挣扎着生长
抚摸着生活的艰辛和生命的尊严
——我的诗便在那里诞生

当历史睁大眼望着今天
比如一山岩画，一片龟甲，一支竹简
或一只不死的多梦的陶埙
从三千年前烟云深处跋涉到今天
即使喉头嘶哑，也要自豪地
站在国家大剧院舞台上
歌唱一个民族不朽的光荣和未来
——我的诗便在那里诞生

母　亲

晚风越吹越紧了
有一扇门仍然开着
夜色越来越重了
有一盏灯仍然亮着
那是母亲
母亲每天做完晚饭
便坐在门口石墩上
张望着等我回来

土灶里柴火烧过三遍
柴烟三次熏得她的眼流泪
锅里稀粥热过三遍
她三遍把锅盖盖严
那是母亲
母亲一次次把饭热了又热
便坐在门口石墩上
张望着等我回来

我迈进家的门槛
母亲随后就把门关了
我吃完晚饭放下筷子
母亲随手就把灯熄了
她歪着头拢一下被风吹乱的白发
又拍拍衣襟上的尘土
母亲就是这样在结束一天天中
变老
我就是这样在结束一天天中
长大

母亲的目光

一双眼在望着你
母亲的眼睛
从你出生到今天
穿过喧嚣生活的纷扰
总望着你

有时远，像星星
有时近，就在面前
仿佛你是她
永远长不大的孩子
直到你在劳碌中匆忙变老
这浓得化不开的含着乳香的目光
世上没有什么比它更美

一生，多少阴云、雨雪、迷雾
都阻不住，阻不住
你远游，它伴你上路，是伞
你读书，它陪你同坐，是灯

你老了，病了，咳嗽着
她望着你吃药，犹如她自己

即使她离去了
隔着泥土、墓碑也望着你
尽管泪水早已流干
双眼也已浑浊
仍歪着头端详你
甚至当你生命消隐
她仍会穿透岁月，望着
从未谋面却仍能清晰认出的
你的孙子

母亲就这样
以柔情、幸福、痛苦和忧伤
望你一生
静静地，没有声音

对这比太阳更高更亮
比时间更持久的爱
谁能测出它的
浓度、纯度、温度和深度
如果你感知爱的疼痛
就可以说：这世界已经成熟

倾　诉

——母亲去世四十年祭

清明，来看母亲
我是你白发的儿子
四十年，风雨阴晴
鸟已飞走，云已散净
空间，一片空冥
只剩我滴血的思念和
游荡的风

四十年，已记不清
多少次在梦中相逢
享受未来而依在你怀中的温暖
又总是夜半惊醒
短暂的幸福
又化作更深的疼痛

感谢黄土，收留了个

辛劳一世的贫苦的生命
墓上，青草摇曳
可是沿草根要传给我
母亲的叮咛

不愿让母亲看见
我灵魂的疤痕和伤口
只想向你倾诉
一颗心仍似水晶

短　歌

——想念我的爱人娟

我把我的天真存在童话城堡里
把我的记忆锁进抽屉
我把心放在颤动的琴弦上
把泪盛在瓦罐里
我把我对你的想念装进篮子
把对你的爱放在伤口烈焰里
我把我的孤独放在一盏灯下
把愚蠢全部捧给你

挽歌：哭小雨

一

谁能帮助我
将这一天从一年中抽掉
谁能帮助我
将这一天的太阳拖住
牢牢地打一个死结
让它不再升起

二

这一天午夜
满天星斗打一个寒噤熄灭了
巨大的黑夜覆盖下来
世界转过脸去
北京拉上所有的窗帘
时间凝固在那儿
没有人知道
小雨，我用嘶哑的声音呼唤你

你已在千山之外
隔着风，隔着云，没有回应
空旷冷寂的病房里
只回荡着我一声尖厉的哭号
世界被撕成两半

三

我用树皮般苍老的手
抚摸你平静的脸
像六十年前抚摸你
细嫩红润的双颊
仍波动着天真和乳香
你哭的声音，笑的声音
唱歌的声音，诵诗的声音
一齐涌来，有的苦涩，有的甜美
六十年匆匆流过
纯净而炽热

四

六十年前你睁大眼睛
张望这个新奇的世界
后来，阳光朗照
你眼里鲜花开遍
后来，恐怖袭击

你两眼像惊慌的星星
后来，喧嚣岁月里
你的瞳仁是两片清澈的湖水
如今，永远关闭了
你把漫漫岁月的沧桑风雨
一起紧锁在睫毛后面
不愿告诉别人
无声中，只两滴水珠滚下眼角
静静地映着人间
一滴是浸血的泪
一滴是浸泪的血

五

小雨，几十年
我把家叫你
我把明天和后天叫你
我把我的欢乐和幸福叫你
把我的悲伤和痛苦叫你
现在，床上放着你最后一次叠好的被子
枕边放着你未读完的书
桌上放着你未写完的诗
茶杯里有你未喝完的茶
关好灯，你转身去了
只说声两天后就回来

轻轻地把门关上
如今，这一切都成了
埋在灰烬下的噩梦
我再不敢看你触摸过的东西
我目光碰到的都是疼痛
没有转动的眼睛、亲昵的呼唤
只小闹钟指针仍严肃地跳着
冷冷地告诉我
离瞬间最近的是永恒
永恒是冷寂的，苍茫万古

六

还有多少梦想和歌唱
都留在明天，你相信明天
犹如一棵树的叶子
期待发芽，有轻风细雨
你认为人间处处
只有生命、爱和美
便总用单纯和天真
解释生活中残酷的真实
让忍辱负重的沉默压碎肩膀
即使死神已经临近
你仍微笑着安慰别人
怕给人带来伤害和痛苦

你就这样迎接了渴盼的
第六十四个春天
而冰雪未消的二月
却又把你推回一月
一颗熠熠闪光的灵魂
就永远沉入了历史

七

对一个用诗养大的生命
只能到你的诗中寻找你
一条孩子翅膀般的红纱巾[①]
拂动在早春的晨曦
一只有思想有记忆的古陶罐
孤零零蹲在黄土塬上
一颗棕色的爱幻想爱沉思的椰子
毛茸茸的沉浮在南海浪尖上
一顶沾满泥浆汗水的铝盔
闪耀在陕北油田钻台上
这就是你，小雨
这就是你永不凋谢的笑容，小雨
这就是你的信仰，你的宗教，小雨

---

① 指李小雨代表诗作《红纱巾》，后文陶罐、椰子、铝盔等意象，也均出自李小雨诗作。

这就是你跃动的生命，小雨
是的，这就是你，我的小雨

八

我想念你，爱你，但也恨你
你狠心丢下你哭泣的笔和
你装满一袋子的汉字、母语
丢下你夜半不断用小锤敲打的诗句
狠心丢下你的世界中
那么多朋友和可爱的生命
提着一生的记忆、未了的梦
亲人的泪、孩子的骨头和
我一颗破碎的心匆匆远去了
为什么我总在夜半突然惊醒
那是你脚步踏出的声音

九

我翻遍辞书找不到
死神词典里也找不到
一个正常的解释
怎能是我梳拢你的黑发
怎能是我捧一束白花来祭你
怎能是你的哀乐涌过我的皱纹
怎能是你坟上青草摇动我的白发

你未能偎依在妈妈怀中
此刻，难道也不能在我的翅膀下
享有一份小小的爱和温暖
现在，我的心变成一片
干枯的叶子，孤零零地
高悬在风雪枝头
瑟瑟颤动

十

小雨，对你的离去
我不愿告诉任何人
只想告诉它们——
你买来放飞的花翅膀的小鸟
现在在哪片白云里歌唱
院子灌木丛里的流浪猫
每天有谁来喂养
菜市场笼子里的小白兔
可还有人投放菜叶和萝卜
小河里你放生的鱼
该早在哪片苇丛下长大产子
邻居家蓝眼睛的波斯猫还会
跳过来追自己的尾巴跳圆舞么
我想告诉它们
那双抱过、抚摸过它们的手

带着对它们的爱远去了
在生命的摧毁与救赎之间
在料峭春寒的倾斜的午夜远去了
不懂人间悲喜却具有
同样尊严的生命呵
一起珍重地好好生活吧

十一

穿过失血的夜街走回家
天低下来，大地在颤动
哦，起风了
那双曾一次次搀扶着我
紧紧拉着我衣襟的温暖的手呢
灯火明灭中
蓦然发现
人生中痛苦和幸福竟离得这么近
蓦然发现
阵阵夜风吹着的是大地的死亡和诞生

十二

雨呀，无论走多远
都别忘曾经属于你的时空
别忘生你养你、给你痛苦和希望的大地
记住长城吧，你常去的长城

从它的垛口南望的大城中
有一盏永远为你燃亮的灯
那里是你发现自己的地方
那里是家，等着你回来
重新开始

附记：女儿小雨于今年2月11日夜离我而去。一个月来，她的音容始终萦绕心头，悲痛难抑，今天是3月11日，更难入睡，午夜披衣拾笔，写成此诗。

2015年

抚摸着你的手

你的手是四月么
一边播种，又遍地开满鲜花
你的手是八月么
一边收割，遍地是成熟的果子

现在，死寂的病房里
夜正倾斜，瓶花枯萎
窒息的灯光暗下来
你在昏迷里
我爱抚着你柔弱的手，你知道么
辛劳了六十年的
皮肤、血管、骨节，你知道么
我擦干滴在你手上的泪
怕把你灼伤，你知道么

六十多年前你出生时，也是在医院
妈妈第一个吻你之后
我亲着你乳香的小手

发现你右手背有粒针眼大的斑迹
如今六个十年，竟变成小纽扣般大
我的眼睛后悔没仔细看它
随你一起在风雨中长大

匆忙岁月中，你多么热爱生活
每天下班回来，总是
左手抱一捆捆诗稿、书籍
右手提一袋袋青菜、水果
在劳顿和疲倦中微笑着
带回家的全是温馨和幸福

匆忙岁月里，你多么热爱这个世界
从南海捡回一粒粒贝壳
从深山带回一颗颗石子
你摇响茶马古道上不死的马铃
你和楼兰残堡下的箭镞对话
你在莫斯科大厅朗诵诗篇
让地中海的水浪打湿你的脚趾

现在你把自己抚摸过的一切
书柜里堆满的书报、信件
案头的电话、纸笔、灯盏
一件件平凡纷杂的事物

全部都留在了昨天
它们都已经距你很远
它们都已经变冷
你心头无限滚烫的留恋
都已变成一片永恒的毁灭
巨大的痛苦把你淹没了
把这个早春二月苍白的夜淹没了

我抚摸着你柔弱的手
像抚摸着你六十年的艰辛
像抚摸你生命的欢乐和忧伤
像抚摸你一首首诗的一个个字
又像抚摸我自己
我血肉的一部分，灵魂的一部分
你忍辱负重的双肩
再不能迎接玫瑰色的黎明
悠悠激荡的白云流水
现在，都如一缕苍烟消散了

眼前，窗帘低垂着
窗外，冷月已经死去
只几粒星斗惊惧地尖叫
你心头燃烧的爱已经熄灭变成灰烬
你的手像折断的树枝垂下来

再无力抚摸这个你所热爱的世界
你多想召唤它，再看它一眼
多想把自己最后一丝精力献给它
但已无可能，已无可能
无论写一首诗，种一棵花
或拾起窗前一片飘落的叶子……

等你归来

“爸，我开会去了，几天就回来！”
提着行囊，轻轻地把门关上
星期一，没有回来，已经三天
星期二，没有回来，是否会期延长
星期三，还没回来，或许又被邀去采访
星期四，还没回来，也许因风雨停航
星期五，仍没回来，莫非病了，她从不会珍爱自己
星期六，仍没回来，手机关闭，究竟去了何方
星期日，轻轻地打开她的屋门
呵，都在苦苦地等待
书，笔，电脑，茶杯，座椅，床
一双双红肿的泪眼凄然相望
冷寂的空间，凝重得像石头
她的遗像静静地挂在床头，微笑着
才猛然发觉，过去一次次外出
回家后常说的第一句话
“爸，我回来了！”早已埋在千山之外
成为绝响

总有一天

总有一天，我会
深刻认识世界和自己
我会成熟，就像一穗小麦或一只苹果
总有一天，我会突然找到
写给你的诗中那个久寻未果的恰当的词语
总有一天我会回答
上帝和魔鬼的任何追问包括生死
但我不相信教堂尖顶传来的
上帝神谕和佛国讲的生灵的轮回
我只相信太阳和月亮孕育的
这个真实的世界
总有一天，我会听懂
你从三千年前捡回的那只陶埙
讲诉你的故事
我会听到你朗诵诗的声音
讲话的声音和倾诉委屈的痛苦
总有一天，河流会告诉我
我们逝去的时间的去处

我就会随它沿着记忆找到你
总有一天，我相信你会回来
搀着妈妈一起，笑着回来
那时，我就会从悲痛煎熬中走出
心头的伤口就会愈合
当然，也总有一天，我会
尊重法则，从容地先你而去
消失在苍茫空间，云覆盖着
我的诗会告诉你我在哪里

在妈妈墓前

吹不断的天风
流不尽的野水
年复一年，已忘记多少次
你在妈妈墓前，泪光中
点燃明烛，献上花朵
然后把心头的伤口撕开
把连着血肉的思念和痛苦说给她
在这里，爱的距离似乎
比生时更短，像挽着手
年复一年，让山花野草
摇着你的身影，你不愿
让妈妈看见没有她爱抚之后的
你沧桑的脸

晒不干的雨露
挥不去的云朵
如今，你去了远方，再不回来
只有我带着我的影子去祭她

如果她寻找你
我不敢说出你在哪里
我不愿用生命的语言谈论死灭
我怕看见她的眼睛和颤抖的肩膀
我只能转过身去，站着
沉默，如一块生铁

滴血的思念

——女儿去世周年祭

女儿走了，我送她
她没看见
风撩起我蓬松的白发

回到我这个并不宽敞的小家
屋子显得太过空旷
过去装的满是
儿女情长、温馨和幸福
现在，全是凄苦

再不敢想
她最后一次离家的眼神
把冰冷的钥匙留下来
轻轻地把门关上
每次想起，心就滴血

今天，我从这屋走到那屋
找她，什么也没找到
又从那屋走到这屋
死寂里，遇见的都是她

亲人离去之后

母亲走了，带走
我的肺和一小块心脏
父亲走了，带走
我的肾和一小块心脏
妻子走了，带走
我的肝和一小块心脏
现在女儿也走了，带走
我的胃和一小块心脏
如今我空旷的胸腔
只剩最后一小块心脏
挣扎着怦怦跳动

我昏迷过去
许多朋友来安慰我，说
你的血仍正常流动
思维仍在闪光
五官也很健康
我说，那为什么，我

再看不见蓝天白云
听不见小鸟的歌声
也嗅不出花草的清香
他们说，那并不重要
重要的是要有一个喉咙、一张嘴
你这一小块心脏就会帮助它
尽管你歌唱一生已嘶哑和苍老
但只要有它，就能告诉你的亲人
他们走后发生的一切
就能向我们讲述
生命的重量和美丽的毁灭
讲述美学经验和道德选择
就能倾诉你不渝的爱情和痛苦
就能吻你所爱的这个世界和
夜半难忍的哭泣
只要还有那张嘴
就可以听见你继续歌唱

絮　语

——给我的孩子

孩子，让我握住你的手
我想把我一生岁月留给你
几十年，云卷云舒
一个黎明追逐一个黎明
一场大雪追逐一场大雪
我想把记忆留给你
把伴我衰老的孤独留给你
把欢乐和痛苦留给你
丽日下，桃花乱开，大野芳菲
乱离中，孤灯如豆，半枕残梦
皱纹，白发，疤痕，伤口
都是我的遗产
如果你打开窗子，抬起头
会看见一棵树
从未被繁琐世俗玷污的灵魂
扼守着生命的尊严

每片叶子都闪闪发光
每条枝干
都怀着自己的信念向高空伸展
如果你低下头，会看见
大地深处，泥土、草根
紧缠着一首首诗歌
都是从我心头流出的
跳动的生命
有的是我的哭声
有的是我的笑声
或浸着泪，或滴着血
或欢歌，或沉默
让我握住你的手，孩子
我想把我所仅有的这些东西留给你
让它们伴你生活

寻找我的故乡

怒涛狂卷的燕山呵
今天，当每块石头都已醒来
我便去寻找我的故乡
感谢高速路送我到山脚
但却未能找到那座
柴烟熏黑茅檐、断壁
土灶上跳着油盏的小村

现在，我的稿纸上流淌的
满是遍野浓绿的油彩
阳光很亮
陡峭的山路石阶很亮
新山村的大玻璃窗很亮
屋檐下串串红辣椒很亮
屋顶上黄玉米很亮
窗子里酒杯很亮
室外天线很亮
快乐的山雀子的啼叫很亮

从山窝小学流来的歌声很亮

几个年轻人走过来和我讲历史
讲他们的父亲、父亲的父亲
说那些被苦难生吞活剥
啃净血肉的先人
怎样把压不弯的骨头和期望
一起埋进了大山
而今，我们则把幸福存进了银行
他们一双双眼睛很亮
朝着前方的前额很亮

这些站得比时代更高的年轻人
熟悉这里每架山的心事
了解每条水的渴望
他们要开发大山
办养殖场和加工厂
他们从网上找
讯息、科技书和明天
他们严肃地议论反腐
又风趣地谈论爱情
他们说同过去几十年前相比
好像太阳找到了一条新轨道……

如果不是为躲闪一匹
驮了一垛子山货的毛驴过去
我真愿做那里的一棵树
一寸不移

燕　山

在一百棵野酸枣树和一百棵蒲公英之间
我看见了你，燕山
令人心碎的凄美

在一百声狼嗥和一百双鹰的翅膀之间
我认出了你，燕山
我想哭出我的痛苦

在一百次呐喊和一百次枪声之间
我理解了你，燕山
风低下了头

在一百座残堡和一百处坟冢之间
我认识了你，燕山
没有一滴血不在燃烧

雪落燕山

大片大片的雪花旋转着落下来
压着危岩怒耸的燕山
天空太低，大地太高
燕山旋转着
世界闭上了眼睛

燕山旋转着
一条龙腾上云头
一条龙潜入海底
一柄剑在冰河中鸣响
一杯酒在暗夜里燃烧
世界闭上了眼睛

大片大片的雪花落下来
压着山脊上的
长城戍楼和鹰巢
压着雄关险隘的酸枣棵子和
闪光的砾石，倔强的野草

压着山坳里我的小村
曾照耀过我童年
油盏跳动的火苗和
我爹娘的坟茔
天空太低，大地太高
世界闭上了眼睛

大片大片的雪花落下来，旋转着
燕山旋转着
风起云垂，山高水远
空濛中，三千年，压不住
一百次死亡又一百零一次复生的
副副滚烫的胸膛
声声激越的悲歌

明朝雪化
我就随啼鸣的布谷
沿山麓飞流的溪水
到故乡去
到绿得发亮的山深处去
寻找巉岩上燃烧的血迹和
血迹般怒放的桃花

我对燕山的认识

对养育我生命的燕山
我怎样认识了它

童年时我们相望了七年
但我不认识它

只在我哭闹不止时
奶奶总说野狼听见会把你叼走

后来，稍长，我吃到它的酸梨和红果
想象嶙峋山壁上挣扎着
生长的苦命的果树
感到它们的坚强和甜甜的柔情
但我不认识它

后来，长大，去秋游
目睹满坡山花和疯长的野草
尝到它喷香的小米饭
又喝了红高粱酿成的烈酒

享受到它的殷实和温暖
触摸到它淳朴的思想和率真之美
但我仍然不认识它

再后来，我有机会
跋涉在群峰深处
迎我的是灌木丛和枯蓬
送我的是飞流激溅的泉水
乱云中，听峥嵘巉岩和荒冢讲述
无数历史故事和传说
讲述这里没有一棵软弱的草
我才理解了它的性格和精神
感受到它浓得化不开的
爱、愤怒和痛苦
在太阳和星星的照耀下
我看见一颗忠勇磅礴的灵魂
这时，我才认识了它，认识了它，
也重新认识了自己

什么时候我能再去那里
摸一摸它的石头
尝一尝它的流水
在一棵老槐树下坐坐
倾听彼此心跳的声音

白玫瑰

——献在故乡唐山地震罹难者纪念墙下

我不会用死亡的语言
描绘生命
便捧出一束亲情育出的白玫瑰
我不认为墙上的一个个名字
都是冰冷的符号
便把这束白玫瑰
轻轻放在大墙下
我不认为我和你们
相隔千山万水
我是把它们放在了你们
家家明亮的窗口

亲人们呵，我把这束
浓浓纯情的白玫瑰
和来自各地的鲜花一起
放在你们的窗口

我就看见了捉迷藏的
孩子们的眼睛
听见老人们低低的絮语
我就握着老人
一双双温暖的手
看见了年轻人
簇新的婚床和灯光
闻到家家温馨的气息

苦难能折断生活
能埋葬一座大城
却不能埋葬人间真情
爱是不会死的
脆弱的生命是坚强的
在这里，你可听见
人们心灵的交响

游南湖[1]

一片落叶覆盖着南湖
告诉我已是晚秋
一群鸟又一群鸟飞过
告诉我已是黄昏
在北方晚秋的黄昏
轻轻地漫步南湖滨

六十年前离故乡
挥挥手，心有千万结
可从没想过这片好风景
六十年后回故乡
沿堤岸踟蹰复踟蹰
竟送我这样的好礼品

岸边的树

---

① 唐山是产煤老矿，大地震后，把城南采煤沉降地建成了漂亮的旅游生态区，如今已成著名的国家级城市湿地公园。

水中的鱼
都不认识我这远游人
黄的银杏
红的秋枫
叶叶流出的都是乡音

历史捂着它的伤口
把记忆给它
把梦给它
喧嚣的市声在远方
说远也远，说近也近

看草木枯荣、灯火明灭
听晚风激荡湖中水
朋友，怕要溢出杯盏了
眼前这美景最醉人

只有擦过这个城市
泪和血的建设者
才是最懂生活
最能创造和
最爱美的
人

曹妃甸印象

唐山边曹妃甸，是国家重点开发区

吹过来又吹过去的风
在荒滩游荡
吹没了唐皇轧出的车辙
吹伏了茫茫海浪
我们就再寻不到
两千年前妃子的香魂[①]
一百年前先贤的渴望[②]

吹过来又吹过去的风
在荒滩游荡
沙砾和荒云在奔跑
起伏的地平线在颤动
可没有一棵软弱的草
鲜花全都在认真怒放

吹过来又吹过去的风

---

① 相传唐太宗李世民东征过此，随行的曹姓爱妃，不幸病逝，唐太宗悲痛万分，颁旨将其葬此，并建庙塑像，赐名曹妃殿。曹妃甸由此得名。

② 1919 年，孙中山即把深邃的目光投向这里，在其所著《建国方略》中提出欲建北方深水大港，即指此地。

在荒滩游荡
最是遍地的路标
殷勤地争相指给
每双旅游鞋和车轮
去置业大厦，去指挥中心
去原油码头，去火电机组
去生活区，去炼钢厂

走在醒来的大荒滩
它对我讲了许多事情
比如——
神话和理想，谁最美
精神和钢铁，谁最强
抒情诗和经济建设的关系
以及在生活最高的现实中的
诞生和死亡

在曹妃甸矿石码头

风吹荒滩的尽头
是大海
渤海狂涛三千里
发出金属的喧响

泊位上
一艘艘巍峨如山的大货轮和
码头上
一座座高大得令人敬畏的大塔吊
亲切交谈
一句句不大标准的汉语与英语
是这里的最佳风景线

兴奋的铁矿石
多情的铁矿石
一块块惊奇得四下张望的
澳大利亚铁矿石
带来南半球

咸的海风
奇幻的阳光和云雨

请借我一顶安全帽
我想上前问问
可还有一蹿一蹿的袋鼠
带给我们孩子的多彩的梦
可还有成群成群的细毛羊
带给我们老人的羊绒和乳品
可还有我的爱阔笑的大胡子朋友
带给我的书籍和诗稿……

采蘑菇

——童年忆趣

花斑鸠叫过三遍
咕咕，咕咕
小雨就下来了
像雾

布谷鸟叫过五遍
小蘑菇就冒出来了
惊奇地望着这世界
一簇，一簇

褐斗笠般的小蘑菇
油纸伞般的小蘑菇
有的眯着眼，好奇又羞怯
有的昂头笑着，满脸幸福

小蚱蜢不理它们

只自己弹跳着戏耍
小蜗牛也不睬它们
只自己慢悠悠赶路

我们惊喜地采下它
为找它们寻得好苦
走吧，随我们一起回家
奶奶已在屋檐下召唤我们

散着清香的是手里的小铲
流出草味的是淋湿的树
我赤裸的脚上粘着草叶
划破的小腿渗出血珠

走吧，回家吧，天晚了
姐姐，姐姐，
我的背筐放在哪儿了
为找它，迷了路……

风　筝

云淡风轻的大城
空中浮着多少欢乐的生命
鱼、龙、蝴蝶、老鹰
有的摇出清脆的铃声
有的闪着灯的眼睛

我的风筝呢
我童年的风筝呢
我贫穷的小蝌蚪呢
姐姐用土纸糊成的小蝌蚪
奶奶从纺车上扯下的线绳
拖一条灰色的长长的尾巴
自豪地摇着
掠过茅檐顶上的炊烟
牵着我小小的欢乐，飞升

后来，它缠在槐树的枝杈上
我的悲伤和泪水就挂在那儿

挂在那儿
一个艰辛的年代
一段苦涩的人生
我的灰色的长尾巴的小蝌蚪
孤寂地挂在那儿
瑟瑟地摇着
姐姐的手指
奶奶的眼睛
长天下苦难大地上呜咽的河水
数不尽荒村午夜的犬吠鸡鸣
迎阵阵苦雨凄风

转眼，几十年时间已经腐烂
只那棵槐树总岁岁舒青
枝叶参天的老槐呵
是否还记得，你曾经
缠住我心爱的小蝌蚪
我再也回不去的世界
如今，即使只剩秸秆的骨架
也仍在那儿摇着
摇着我一片凄苦的梦

我活在我的记忆里

和孩子们围坐在长桌边
我常讲起自己的青春岁月

陈年往事的丝丝缕缕
如一尾溯回上游的鱼

你们看不见真实的我
看见的是斜阳下我长长的影子
如今，我已步履蹒跚，白发疏稀
心底涌动的却仍是年轻的激情
有明媚丽日，也有风雨

我活在我的记忆里
我活在我的思想和渴望里
把生命放在生活的最高处
你们可闻到早春细雨中
新绿的气息

在梦中，我变得年轻

在梦中，我变得年轻
这是真实的
因为现在我已年老
要年轻，十八岁，二十岁
刚睁开眼认识世界和爱情
只能到梦中去找寻
但梦中的我要和我握手
我有些胆怯，不敢伸手
这可是不真实的，因为，
明明我漫长的岁月都已远去
比散去的云更远
而且梦中也没有我年轻时
一起生活的树和小河
我相信我的记忆是真实的
这梦是荒诞的，在欺骗我

天亮，打开窗子
一只小鸟飞进来对我说

你梦中的你是真实的
而现在的你，是梦

又闻布谷

北京，春雨初停，窗外忽传来少有的布谷鸟的叫声，猛然想起 1942 年我在河北老家小村初学写作时发表的第一首诗《播谷鸟的故事》，到今年整整七十年了。

绿油油的五月，细雨初停
传来声声布谷的啼鸣
多么熟悉的乡野的歌声
今天竟啼在喧嚣的大城

是七十年前催我播种的那只么
那是兵荒马乱的年代
直唤得咯血，也无人出耕
断垣残壁间疯长着野草丛丛

世界这么大，时间又这么久
你怎么会来到这里找到了我
为寻找，你一定奔波得很苦
可好？你的翅膀、趾爪、眼睛

七十年过得可真不容易
如今，我已年老，你却依然年轻
感谢你使我又遇到当年的自己
风停雨霁，可是一场真实的梦

邻　居

一面从不停止工作的墙
忠实地站在我们中间
使我们相识互为邻居
不要说那是个空空的房间
它的主人是一位老妇人
还有一只黑狗，一只白猫，一架钢琴，一盏灯
当然，还有伴随她生活的孤独
白天，她牵着狗去院子散步
猫就蜷卧在沙发上打盹
晚上，狗蜷卧在沙发边打盹
猫就偎在身边听她弹琴
狗和猫就这样陪着她，缠着她的腿
黑键和白键就这样陪着她瘦弱的手指
灯静静地照着，孤独一声不响
窗外，是我们共有的喧嚣的大城

一朵火焰

——80岁生日抒怀

对于世界
我的生命太小
却是一朵火焰

在农村，它曾和墙角的茅草
一起瑟瑟颤抖
在小城泥泞的车辙里
噗噗跳动
在火线潮湿的掩体中
熠熠闪亮
在大城市霓虹灯的漩涡之外
兀自燃烧
的确，它太小，太微弱
不如一颗沙粒或
一滴飘忽的萤火
夜色几乎把它吞没

但它是纯净的
它不畏惧，不屈服
无论严寒酷暑
也无论狂风骤雨
总是顽强地挣扎着
发出仅有的光
每天的太阳都认识它
最远的星斗也认识它
它不怕成为
一缕轻烟、一撮死灰

是苦难民族给了它基因
勇敢先人给了它乳汁
它便没有熄灭，折断和枯萎

如今它越烧越旺
以孩子的天真和
绚丽的色彩
照耀自己小小的空间
并发出欢乐的声响

它始终热爱这个世界
它以生命拥抱了它
并见证历史

在幸福和苦难之间
失望和希望之间
诞生和死亡之间
它仍在追问
该怎样回答
才不致愧对那么多
呵护它的滚烫的手和
一双双深情的眼睛
于是它便把燃烧
当做幸福

礼　物

到哪儿去？到超市
到哪儿去？到礼品店
去干什么？选购可人的赠礼

那么多可供选择的东西
不要糖果、布娃娃、电动玩具
孩子们越大，它们便离我越远
买丝绸、翡翠、珠饰么
梦中的亲人都已随逝水远去
只想买一只陶罐子、一个漆盒子、一个布袋子
陶罐用来储藏
满头溶雪、泪水、忧伤和叹息
漆盒子好存放
尘封的老照片、梦、不能忘却的愧悔和记忆
布袋子可以装
那么多闪光的汉字、词语、诗稿、信和笔

等到九十岁的那一天
送给自己

爱与美的舞蹈

灵魂是一只鸟

花翅膀白胸脯的小鸟呵
转动着眼睛
望着这个世界的黎明
它飞翔，使天空辽阔
它跳跃，使大地成熟
我刚写下这几句话
它便飞走了
只把影子留在叶片上
把歌声缠绕在枝头

灵魂是一只鸟
它热爱自由

什么是孤独

什么是孤独
有人说一张圆桌上
只有一只酒杯，就是
有人说深秋黄昏的墙角
一只蟋蟀最后一丝叫声，就是
有人说，闹市街头花坛里
一棵偷生的狗尾草弯着腰
寻找自己的影子，就是
也有人说孤独就是情人
始终抱着你，你却未觉察

到底什么是孤独
它很大，到无限
它很小，似微尘
它是白色的抑或是黑色的
有重量、声音、气味和质感么
有眼睛会哭会笑么
它很严酷，能压抑得你

皮肉瘀血，甚至窒息
也许它很可爱，能帮助你生活
无论可爱或可恨
对每个人都相同么

到底什么是孤独
对我来说，多年来
和我亲昵相依，如影相随
摸不到它，但它确实存在
我睡着后，它离开一会儿
我一醒，它又守在身边
它很严肃、忠实、诚恳
从不欺骗、干扰和吵闹
它陪我认识了许多东西
告诉了我许多东西
引我思考了许多东西
我曾赞美它是一盏灯
但我并不知道它是不是叫孤独
你说，它是么

谈痛苦

这么多年，痛苦
始终和我形影不离
有人问，痛苦是什么模样
我无法回答，只知
它力量很大，很可怕
像石头、烈火和爆炸的雷
或有锋利的牙齿和趾爪
能撕裂你的灵魂和精神
几乎把你击倒
我请他去看看
普罗米修斯被锁在山崖
恶鹰来啄食他的肝叶和
耶稣受难的表情

这时，痛苦扬起脸
对我说
我并不狰狞、恐怖和丑陋
我又诚实，又庄严

也许有些悲壮
不要祈祷或刻意回避我
欢乐常常和我在同一时间共生
从我，你会更深刻认识它
我们是兄弟，请善待我

人，应该懂得
生命和生活的复杂及痛苦之美
塞纳河畔
一个蓄了长发、剃了整齐小胡子的人
向我喊来一句话
“痛苦能使一切变得伟大”[①]

① 见巴尔扎克《幻灭》。

关于生命

不要像鸣蝉
喧噪了一个夏天
当秋风乍起，弦键哑默
便伏在枝头无奈地死去
只剩一具僵硬的尸体
引不起人们半点怜惜

不要像游鱼
当鳃叶最后一次停止掀起
便翻着白肚皮漂在水面
嘴和眼虽大张着却已死去
散发出腐烂的腥气

要像鹰，像鹰
一生从不惧乱云，风暴，雷雨
据说，当它临近死亡
即使翅膀已伤痕累累
也要高飞九霄，为了

再俯视一眼它生长的河山
即使爪趾皴裂变形，也要
再一次为人间撩起晨曦

然后，它不哀伤，不流泪
不让人看见，不需要怜悯
把梦交给星星
把渴望交给虹霓
把歌声交给风
把影子投向大地
将终生灵肉埋进白云里
让全身倔强的羽毛
滚烫的血和
一颗小小的心脏，化作
犀利的闪电
熊熊的烈火
惊天的霹雳

关于爱

让饥饿的孩子吃饱安静下来
让人们生活得理智而从容
如音乐在和谐的秩序中自然流动

当战争或地震突然爆发
在石头和燃烧的钢铁间
谁来包扎灵肉的伤口、拯救生命

所幸大地上有花树、流水
有温暖的手臂、宽阔的肩膀
有深情依依的眼睛

只因人间有这片纯情
世界才不是一片恐怖的死海
胸腔里心脏才会跳动

爱有两个翅膀
一个是美，一个是自由
不懂得爱，怎理解人生

关于死

许多美好的事物都变成了浮云
人死以后
大地，只一阵风扬起一把灰尘
无论多少呼天抢地的哭号
都静默了，再没有声音
江水仍继续流淌
树仍继续生长
鸟仍继续飞翔
谁也不理会身边
发生了什么事情

人死以后，对死者
所有的道路都折断了
而对生者
在泪水尽头，痛苦尽头，绝望尽头
昏黑里，会有两个人来敲门
带着理智、春天和深情和你攀谈
前边一个擎着烛光，是宗教
后边一个捧着花束，是哲学

瞬　间

谁随手捡起一颗石子
漫不经心地投向湖心里

时间在一条弧线尽头
发出低沉的回响
空间被突然撕裂
声音惊飞一群小鸟
接着，水面上涟漪扩大开来
花朵般绽放，瞬间枯萎
湖底，荇藻深处
一群小鱼惊慌遁去了

不会说话的石子
便闭上眼，静静地
揣着自己的梦躲进泥沙
谁也不知道它在想什么
惊飞的小鸟、遁去的小鱼和我们

投石子的人远去了
早忘记这瞬间小事
历史却记住了这一切
世界已改变了姿容

你知道永恒吗

瞬间就是永恒

我们生活在流动的碎片里
历经春雨秋风
从黑夜到黎明

在无限又有限的时空
一切都在运动，高山流水
向我们昭示征程

去，用双手创造真实的存在
为历史留下具体的美
一片无愧无悔的人生

我们在墓地思考死亡
我们在产院谈论诞生
瞬间就是永恒

我的追求

坐下，歇歇脚
紧紧鞋带，拍拍背囊
路边这石头是我的驿站
我要去燃着火光的前方

灯红酒绿的闹市
不是我追寻的地方
花香草软的乐园
不是我久留的地方
埋在心头的渴望和向往
召唤我，去前方

像勇敢的车轮
渴望迢迢长路
像无畏的帆缆
愿迎击险风恶浪
在这里，认识生命的真谛
我的路在前方

紧紧鞋带，拍拍背囊
踏过雨雪泥泞
斩尽荆棘草莽
我要去燃着火光的前方

寻　找

美是真理发出的光辉

——柏拉图

又美又残酷的真理呵
我在寻找你
知道么，我在怎样
赤着脚苦苦地寻找你
从早到晚，年复一年

从战士发烫的枪管、洞穿的旗帜
到一座座坟茔
从泥土
从树和野草倔强的根
从石头、意志、火
从一去不复返的江流
从暗夜条条泥泞崎岖的小路
从魔鬼狰狞的笑、雪亮的牙齿
几近死亡

我到处寻找你
荆棘和石片无数次
扎伤我的腿和双脚

埋在泥土里的宝石
躲在波涛中的珍珠
一滴婴儿纯洁的泪
一朵花
一颗星
光芒四射的太阳般的真理呵
你简洁而赤裸地召唤我
我便追寻你
拨开废墟、乱石、荆莽
谎言、欺诈、伪饰和凌辱
像一只搜救犬寻找生命
我到处寻找你
在静止和运动中
找了你一生，直到今天

今天，我发现我的生命多么丰盈而充实
背后是无数艰辛和痛苦

睡　梦

梦，常常是缥缈的
像一片漫卷的云
你一睁眼，它就消失
没留半点痕迹

梦，有时又很坚实
像沉在海底礁岩的锚
牢牢地钩在你心头
让你滴血

它有时怪异，使你惊恐得尖叫
有时又幸福，又欢乐，给你甜蜜
它们一起躲在睫毛后面
没有重量、声音和影子

其实，无论恐怖或欢乐
都同样虚无和空幻
不要总想得到它的安慰

把欺骗当做真实

但一个声音说：接受吧
你就做个天真幼稚的孩子
或就做个执拗痴迷的老人
有它陪伴，你的人生才像一首诗

三　月

现在是三月
锅炉房残雪边
惨白的冬天还在喘息
枝头还没飞来一只换了春装的鸟
玻璃般的薄冰还铁青着脸
却有一只勇敢的小蜜蜂
打破时令节序
过早地飞到我窗前
一只毛茸茸的金黄色的小绒球
悬浮着，快乐地唱着歌
轻轻地滚过来
是一粒音符、一朵微笑
或一首朦胧诗

谁创造了这个无畏的生命
全不怕冰封雪压
过早地投入了生活

它轻轻地停在窗玻璃上
睁大眼急切地告诉我
“看，时空已经倾斜
迎接吧，是我唤醒了大自然
我身后拖来一列千红万紫的列车
一个活泼的繁盛交响的世界
送给你甜蜜”

对这个可爱的小精灵
大地上所有的花朵
都该欢迎它
就请一起提前开放吧

爱与美的舞蹈

蓝天下
绿油油的草地上
几件婴儿的襁褓
在晾衣绳上舞蹈
就像鲜艳的花朵在草丛上开放

清风拂过，带来阵阵
肥皂的香味
婴儿凝脂肌肤的香味
奶和尿的香味
生命的香味
他用一双胖乎乎的小腿
蹬着广漠空间
用哭声和世界对话

阳光笑盈盈的照耀着
舞蹈的襁褓
把影子投在草地上

草地上是明亮温馨的生活
影子后面
是人间爱与美的总和

蝴蝶和花

春天
花知道蝴蝶的渴望
蝴蝶知道花的钟情
它们把彼此藏在心的深处
花捧给它蜜和酒
蝴蝶便轻轻吸吮，闭上眼睛

没有谁听见它们的倾诉

从肉体到精神和心灵
两份深情相加
两份纯洁的爱相加
春天才有了真实的生命
花是蝴蝶的影子
蝴蝶是花的梦

对一朵小小花蕾的赞美

一朵小小花蕾
就要孤寂地绽放了
你将睁开眼，好奇地
张望这个世界
细雨初停，阳光真好
琴弦上圣歌就将响起
让我倾听你展瓣的声音
让我欢迎你

尽管在大城偏僻的角落
是个没人疼爱的苦孩子
拼命挣扎着向上生长
没有一个人看到你
连我也不知道你的名字
但你不懊丧不悲伤
仍满怀自信地献出自己
让我祝贺你

无论是红色或黄色，都好
无论开一天或三天，都好
因为你已抵达生命自身
你已完成崇高的自己
孩子般天真地摇着
哲人般庄严地沉思
你要照亮这座大城
让我感谢你

你要把爱和美全部献给它
使这个物质世界温暖和美丽
不是奢望，是真实
你想让它在你怀中
健康成熟地走进历史
一朵小小花蕾
就要孤寂地开放了
让我赞美你

感谢花朵

感谢吧，这么多
不同颜色、姿态、香味的花朵
簇拥着，像海浪
把春天、世界和我一起淹没了

采一束红花
送给新婚的嫁娘
那花朵般怒放的生命
是一张张热情祝福的嘴唇

采一束白花
送给逝去的朋友
那花朵般凋谢的生命
是一双双闪着泪光的眼睛

淹没春天、世界和我的花朵
一起簇拥着，匆忙生长
无论甜蜜的情歌或哭泣的挽歌

都圣洁而真诚

它们深知人具有同样的爱
便开得同样认真和妖娆
它们深知人的不同的情感
便展示不同的性格和颜色

雨后的田野

雨后的田野
浸在新春的泥香中
即使叫不出它们的名字
却看见所有的生命
都以各自的形态
拍着试飞的翅膀
竞相发光、生长

是的，所有的生命
眼里都洋溢着
难以抑制的
兴奋和激情，那是——
自由的喜悦
生活的欢乐
强烈的情欲
创造的渴望

雨后的田野

每个跃动的生命

都是一小块中国

今天，朝气蓬勃，信心百倍的中国

秋的遐想

苹果变红，葵盘饱满，豆荚爆裂
它们，在大地处处
高举着成熟的生命
把秋的浓重的油彩
连成一片
丰饶和殷实的气息
从仓廪溢出来
增加了世界的重量
谁在欢乐地喊着
去榨油吧，去酿酒吧
真使人感到骄傲

但你们是否珍藏着
许多已经逝去的爱和记忆
比如，三月的轻风，五月的细雨
车轮，锨板
翻土的犁铧，打药的药筒
以及一滴滴人们

比酒更醇的咸涩的汗
比油更纯的精壮的血

如今，喂养你们的根已经衰老
抚育你们的叶子已经枯萎
接着，风一吹
萧杀的寒露就来了

不要忘记不该忘记的东西
脚下，是你们母亲的大地
头上，是你们父亲的太阳
否则，该感到羞愧

霜降后的田野

秸秆回村，颗粒归仓
霜降后的田野
露出赤裸的胸膛
白花花无际的大地
暮色下，静穆又空茫
但世界并没有死亡

棉梗底下，豆秧底下
枯草朽叶底下
孔雀蓝的金龟子
翡翠绿的纺织娘
黑得发亮的金钟
棕褐色的蟋蟀
粉绿的螽斯
石榴红的豆娘
摇动触须，振颤翅膀
多少活泼的生命在歌唱

是晚秋最后开放的花朵
是粒粒辉映的星光
阵阵急管繁弦的合鸣
沿垄沟和水渠流淌

一个个自由的生命
纵情地觅食、追逐、交媾
也许一转身，不声不响
就静静地蜷缩起来
把自己和影子一起
交给草根收藏
留下一百个梦和一片霜天大地
但世界并没有死亡
即使接着将冰封雪压
古老又鲜活的泥土下
无数种子又在发芽、生长

相信吧，只要脚下
每寸土地都照着阳光、月光
便永远会有跳动的心脏
生命高于死亡
悲壮孕育希望

秋的田野

无边无际的秋的田野
拂荡着无边无际的风
沉思着，旋转着，山河万里
我们产后疲倦的母亲

大片大片云朵
擦地皮轻轻卷过
黄澄澄、黑油油的泥土
简洁、憨厚、质朴的大地
以自己所有的精血、乳汁
以坦荡的思想和品格
在离我们的根最近的地方
滋育着洪荒岁月和
我们的小麦、棉花、苹果
年复一年、年复一年地
让生命和理想在枝头成熟
使再涩的果子也会酿出酒
再苦的荞花也能酿成蜜

呈现人间最深的爱和最高的美

浩荡的风，吹着
辽阔的秋的田野，吹着
一千年又一千年，吹着
沉思着，旋转着，山河万里
我们产后疲倦的母亲
不要回报的慷慨温慈的母亲

当田野深处一缕炊烟飘起
就是我在那里诞生
成为明年早春绽放的第一朵野花

冬　湖

一片失去倒影的湖
静静地坐在沉默里
卵石间散落着螺壳
残荷遮着泥泞的伤口
黑色的芦根在沉思
欢乐的小鱼游向了何处
没有一只鸟飞来告诉我
色彩的歌声，花朵的芳香
都已属于昨天
激荡着水沫，奔跑的影像
都已属于昨天

岸边再没有人来
长椅上坐着断枝残叶和灰土
一只小船翻覆在那儿，为诉说
这里曾是一片清澈的湖水
澎湃的生活，纷繁的事物
都已凝固在历史和哲学之中

一句话也没有
灰色的点线，倾斜的侧面颤动着
一句话也没有

冬，冷冷地站在它面前
跟着还将卷来横飞的大雪

但这里没有沦灭
它憋了全身的劲积蓄力量
你可听见它骨节嘎嘎炸响
不是么，生命大于时间和死亡
静静地迎接春的汛涨

麻　雀

可以肯定
比我们更爱这个世界的就是它们
始终抱着积极态度生活的就是它们
离我最近的邻居，除了诗就是它们
那群比泥土更质朴、比野草更纯净
值得骄傲的小麻雀
和枯叶秸秆一样打扮的它们
和野豆荚、野山果样性格的就是它们
每天拂晓，把太阳唤醒的就是它们
一边跳一边欢乐歌唱的它们
好像从不知忧愁和悲伤
终年，不管雨雪纷飞和烈日炎阳
总不弃不离地伴我们同守屋檐下
这群很贫穷又很富有的小麻雀
这群靠诚实劳动养活自己的小麻雀
它们不喜欢孤傲暴戾的鹰
鄙视娇惯成性的金丝雀
它们不爱浓妆艳抹的甜腻的鸳鸯

更厌恶常常丢失了自己的鹦鹉
它们深知自己的身份和位置
不自傲，不自卑
也不羡慕高贵的血统
谁也分不出它们谁是君王、侍从和仆役
每天生活得认真又匆忙
闲了，便天真地嬉闹、打滚
可以肯定
在大千世界的万有中
这群不起眼的小精灵
绝对是一个稳定的常数
它们的理想追求是自由
信仰是坦诚和率真之美
它们的生命哲学是自然
宗教是爱

一只不唱歌的鸟

从不知忧愁的鸟儿
总是跳跃着歌唱
歪着头梳完羽毛
就转动着眼睛跳跃着歌唱
却有一只鸟是沉默的
沉默又迷惘，迷惘又悲伤

有人对我说，它老了
鸟老了就会想起
它出生时的那棵树——
白云铺床，流霞悬帐
每片叶子都捧给它露珠
每阵轻风都教它歌唱

如今，它老了
再寻不到生身的那棵树
它怀念摇篮里的岁月和
闪动的阳光、月光、星光

便变得伤感又忧郁，忧郁又悲怆
就从此再不歌唱

我相信这是真实的
它心头压着沉甸甸的痛苦
它怀念故乡

人和小鸟

当小鸟歌唱的时候
所有琴弦都随它的旋律颤动
当小鸟歌唱的时候
所有叶子都在倾听

当小鸟跳跃的时候
葱茏田野变得更宽广
当小鸟跳跃的时候
高山阔水都变得轻盈

当小鸟飞翔的时候
世间一切都失去了距离
当小鸟飞翔的时候
滑出无数流星的身影

但作为人间美丽部分的小鸟
被射杀了，羽毛染血跌落草丛
作为人间美丽部分的小鸟

只留下一片痛苦的回声

谁是凶手，生活在同一世界的人
他们造出精巧的猎枪
谁是凶手，生活在同一世界的人
他们，野蛮、残忍还是聪明

滴血的伤口使人愤怒又羞耻
人间消失了飞翔、跳跃和歌声
滴血的伤口使人愤怒又羞耻
怜悯和爱死去，黎明怎样上升

一棵古树

一棵古树
跋涉过千年苦旅
远看是一片不散的绿云
走近会听见它的呼吸

多伤疤的躯干似半截残塔
任苔藓长满树皮缝隙
敦敦实实地压在大地上
脚下是永恒的故里

谁也不知它经历过多少风雨
也想象不出是怎样活下来的
只有见到叶子年年舒青
才知道它仍然活着，不发一语

它扼守着生命的尊严
将许多悲喜剧埋进年轮里
它引来小鸟营巢、蜂蝶戏耍

把爱作为信仰，矢志不渝

你拥抱它的枝干
会听到大地的脉搏
你抚摸它的伤疤
它会战栗

作为一个思想形式
昂首屹立天地间
谁见到它
都会重新认识自己

有记忆的……

城里小河是有记忆的
孵过多少小鱼小虾
映过多少灯光窗影
无论冰封，无论雪压
城里小河是有记忆的

河畔垂柳是有记忆的
做过多少星月眠床
摇荡多少鸣蝉歌唱
轻风穿过，细雨穿过
河畔垂柳是有记忆的

树下长椅是有记忆的
坐过多少相拥的情侣
迎来多少散步的老人
老人最后离去来了群喧闹的孩子
树下长椅是有记忆的

小河把记忆埋进波浪里
垂柳把记忆储进年轮里
长椅把记忆藏进睡梦里，
有记忆的小河、垂柳和长椅
互相守望着，不发一语

寻　找

一条鱼就是一条河
是来自远古的陶罐么
从一滴水出发
穿过礁滩、水草、经线和纬线
寻找人们不该忘记的东西
一副坚韧的鳍
激起千年风涛、万里骇浪

让梦和渴望一起飘荡
最终，没有谁知道
它是怎样死的
只知道它死后
仍大睁着寻找的眼睛

最后的叮嘱

餐桌上，青瓷盘里
一尾鱼
翕动着被钓伤的唇
殷殷叮嘱摇荡的酒杯
小心，小心你们的嘴
一眨不眨的大眼睛
冷冷地瞪着
这个肮脏的世界

今晚，对从人间高地
流来的这最后的叮嘱
你会看见
灵与肉的疼痛的声音
在滴血

语　言

风雨是天空的语言
阳光在微笑
迷路的陨星滑落了

山海是大地的语言
起伏的地平线轻轻地摇
催唤着遍地生生不息的野草

哭和笑是生命的语言
有光影在心头移动
掠过祖先的血、婴儿的笑

诗和歌是神的语言
旋律流转，激情燃烧
比爱更恒久，比死更崇高

给朋友们

昙　花

一个声音对它说
不要在白天开放
白天，喧闹的花朵太多
会嫉妒你
一个声音对它说
不必修饰打扮
它们妖艳浓抹地招摇
会嘲笑你
一个声音对它说
无须有过长的花期
它们耐不住时间
会诅咒你

于是，它便开放在暗夜深处
以自然端庄的洁白
匆匆打开，瞬即关闭了

它未见过太阳

因此没有影子，甚至梦
它素洁质朴像一朵白云
没有声音，甚至没有重量
它不怨尤一生的短暂
只坚守自己的信念、庄严与孤寂
淡泊地生长在这个纷扰的人间
任历史把它遗忘
但它确曾轰轰烈烈地生活过
为世界留一缕幽香

我年轻时就知道这种花
但并没真正认识它
是黑夜向我解释了整整一生
直到老年，才理解了
它和别的花有多么深刻的不同

我们会认识自己么

我们会认识自己么
一棵树问一棵树
一颗星问一颗星
除了自己的影子
我们会认识自己么
每个人都在自己的舞台上
哭、笑、流出自己的心绪
自己做演员
演给生活和历史
连同自己的影子
但认识自己并不容易
常常会有灵肉的痛苦
正如你走一条路
走过去就忘了
而路却记得你
你的影子、声音和时间会记得你
如果你懂得
小溪奔腾向海的歌声

闪电劈裂乌云的勇敢
露珠映出太阳的欢乐
遵循自己的精神原则
在生活中流汗，流泪，流血
认识你的左边
也勇于认识你的右边
认识你生命的正面和反面
认识昨天的你和今天的你
便会认识你自己
是一块屹立的石头
抑或一粒浮尘
连同自己的影子

读 史

灯下。读史
打开千年前的流水
创造历史和写下历史的人
无论帝王、庶民、宠臣或逐客
都无声地离去
只留下飘忽的影子
喧嚣的岁月，飞尘落定
埋着一页连着一页的死寂
烟云何处

面前
只这些散出黄土气息的线装书
只这些上了年代的瘦骨的繁体字
一个个大睁着眼
怔怔地望着我
我一册册轻轻翻动
犹听见它们脉搏的跳动
有人悲愤放歌

有人披发长啸
有的热泪满脸
有的像遥远的灯火
更多的是荒原深处
刀斧迸出的火花
莽莽山河的伤口上
除了月光就是黏稠的血
使人不敢触摸
他们冷冷地望着我
没有一句话

三寸紫毫，一脉剑气
搅动着滚滚东流的逝水
我像一只搜救犬
在历史的废墟上谛听、寻找
远古传来的回声
让它们引我深思
我们的今天和数不尽的明天
直到拂晓

读　诗

有的诗是小鸟
有的诗比春天的树更美丽
有的诗像孩子，使你看见生命
有的诗是红樱桃，涨满爱和蜜
有的诗能煮沸你的血
有的诗锯你的骨头使你战栗
有的诗是建设新世界的新水泥
有的诗和子弹一起出击
有的诗是一团泡沫或一片慵懒的云
有的诗声嘶力竭，喷着血丝
有的诗没有温度，是批量生产的塑料玩具
有的诗是母语撕裂的一堆瓦砾
有的诗借外国人的肺呼吸
有的诗像涂满橄榄油摆出姿势的男子健美赛
有的诗口水泛滥难以筑堤
有的诗是一件脏睡衣，使人痛苦
有的诗是一张薄纸

摄影展览

许多瞬间历史悬挂在这儿
许多空间碎片悬挂在这儿
墙上，这么多欢乐和痛苦的细节
一起凝成大厅的哑默
亮了一下又一下的闪光重叠在这儿
眨一下又一下的眼睛张望着
倾诉的许多东西使人沉思
隐蔽的许多东西让人猜测
都属于哲学、思想、美学品格
大师呵，感谢你以爱和美
创造了这个光影流动的
不该被忘却的世界
使我们重新认识时空的深度和
熄灭又燃起来的生活

看齐白石画《蛙声十里出山泉》

金属画框也挡不住
春来了
悄悄地，没有声音

从齐白石的胡须下
一滴墨汁洇开来
便游来山谷清澈的小溪流中
几粒黑得发亮的小精灵
不穿裤子的小精灵
从摇曳的水草缝隙
从光滑的鹅卵石上
钻出来，滑下来，滚下来
带着野性、天真和憨态的美
轻轻地，没有声音

这些柔软又活泼的小蝌蚪
可是天籁真正的音符
可是一个个庄严的生命

（艺术创造的生命是强大的）
再不要喊它们的乳名了
明天，它们将长大
给我们拖来一个绿油油的世界
在骄傲地摆动的小尾巴旁边
先长出前腿的叫蝾螈
它跑
先长出后腿的叫青蛙
它跳

给一位画家

当所有的树都转过脸去
你却来给我画像

感谢你
为勾勒我的容颜、点染我的世界
用直线、曲线和各种颜色
苍烟紧锁的黄河的狂涛
喜马拉雅山铁青的峭壁和
我家乡燕山山头的白雪

感谢你
站在我诗的肩头发现我
从字的闪光、韵的铿锵认识我
你画出我生活的九万里空间和
血液中五千年遗存的基因
——这是我生命的根
我悄无声息地降生在这里
便在战斗和劳动中成长

转眼，几十年时间呼啸着掠过
我白发间熠熠闪烁的
皱纹间哗哗流淌的
都是火热的现实和冰冷的历史
你从我眼里画出了
我的梦想、渴望和孤独

今天，在这个辉煌逐梦的年代
阳光下，时代、诗和我
齿轮一般咬合在一起前进
全靠理想的照耀
全靠它给我的爱、力量和泪水
一年四季，我的生命里只有春天
年复一年，我和花朵一起开放

感谢你
画出我燃烧的生命
在每一个每一个今天的黎明
我总会从灰烬里诞生

给一个三岁孩子生日的礼物

今天是你三岁的生日
我送你一件小小的礼物
三岁，就是说你已三度寒暑
三年中，你无数次摔倒
无数次笑，无数次哭
你在笑和哭中间很快长大了
你开始认识世界
它又大、又美丽、又丰富
当然还有太多的甜，太多的苦
我便把这盒七彩蜡笔送给你
你画吧，你会创造一个
比现实生活更美的人间
天是蓝的
云是白的
夏季的雨是绿的
秋天的风是金黄的
而没有月亮的夜
狼外婆常来敲门的夜是黑的

红色呢，你可以
画花，画旗
画每天早晨初升的太阳
但不要画血

写一个医学院女生

一个医学院女孩
第一次到妇产院接生
她望着微笑的疲倦的产妇
像看见自己的母亲

一个一滴血刚刚凝成的人
一个一朵花刚刚变成的人
应太阳和大地的邀请
赤裸裸来到人间

闭着双眼哭叫着
蹬着小腿哭叫着
一颗心怦怦跳动
千山万水间荡起回声
一个多么纯洁的强大的生命

她把他举起来
她举起了一个世界

他用尊严的啼叫
打开自己的时空
她又激动，又幸福，又骄傲
看见了人类的黎明

明天，他就会从她的指尖出发
去跑，去跳，去推动地球旋转
还会长出腾飞的翅膀，去唤醒沉睡的星星

把这一天牢记心头吧

想念一位朋友

我们
年轻时燃烧的激情
像掀动腾飞的翅膀
跑跳、打闹，匆忙的身影
摇荡的酒杯，发亮的眼睛
谈爱情和理想，声音滴着蜜
会上，激烈地争辩，喧笑着
海阔天空的世界，仍嫌太小
每天都是支快乐的歌曲

后来是离别，转眼间，千山万水

后来，各自背负着一个
倾斜的世界和一次次劫难跋涉着

后来，伤痛间常有历史的隐痛

后来，几十年从眼角指缝间

匆匆滴落，没有声音

后来，收到他一张照片、几封来信
是苍茫云水间游来的鱼
大睁着忧郁的眼睛
怔怔地望着我
但跳动的仍是那颗心
年轻时的那颗心

后来是他逝去的噩耗
讣告像一片叶子
旋转着轻轻沉落了
除去风，没有人知道
时间的波涛淹没了许多东西
悲喜，愧悔，是非，荣辱
当人生的谜一一揭晓
只剩一片巨大的沉默

大地上再找不到他
那张难掩伤痛微笑的小照
已经泛黄
那些信倒还活着
只一个个字都成了孤儿
夜半常听见它们抽泣的声音

昨夜，梦中我去找他
下大雨，怎么也敲不开他的门
只在锈锁前，看见
一棵多节疤的永远不会开花的苦楝树
站在冷雨中
听不清对我说些什么

给朋友们

我们用汗和血
改变民族苦难的命运
用自己的方式寻找真理
使每棵草都获得尊严
甚至每颗沙粒
都获得如此值得赞美的生命
花朵开放了

当最后一颗中国泪滴下去
高耸的珠穆朗玛便
真正成为我们的头颅

自豪吧
光辉的起点和美的诞生

可是在强权世界中
不时会袭来疾风骤雨
必须战胜它们

无论隐蔽的谣言或恐吓
也无论赤裸的威逼或屠杀

到冰山去，到雪野去

——给今天的男孩和女孩

男孩和女孩
到冰山去吧，到雪野去吧
男孩是蜜蜂，女孩是蝴蝶
一朵朵云都已为你们凝成
脚下冰雪的花朵
寒冷又燃烧，锋利又温柔
这就是属于你们的世界
快梳理好翅膀
腾上云空，潜入雪谷
去做闪电，去做流星，去做雷火

我不愿告诉别人
只能坐在九十岁旁边这架
小小的雪橇上
高兴地看着你们
你们溅起的冰屑、雪粉

落到我的白发上滋润着我
但我的青春再不会发芽

当年我从战场上下来
也曾到这冰湖上戏耍
那时，我梦里渴望的未来
就是你们今天的生活
那时，我的歌声和笑声
仍浸在这冰层下的水里
鱼和水草可以做证

冰一般坚强、雪一般纯洁的
男孩和女孩
去吧，快去吧
到冰山去，到雪野去
搏击，飞翔，驰骋
去做闪电，去做流星，去做雷火

焰　火

它的生命
艳丽却短暂
因此才使人钟爱和珍惜

它的生命
缄默却郁积着巨响
因此才使人渴望和惊喜

喷射、旋转、摇曳着
冲天的焰火
在夜空绘出
我们现实生活之外的
美的色彩和旋律
一闪一闪，照亮人间

正是由于它粉身碎骨的死亡
才使我们看见
它的眼睛和嘴唇

也才使我们享有
它送我们的花园和风景

它的从容以赴的死亡
实现了一个生命的价值和幸福
我们该把这种消失
叫做永生

打　开

历史被打开
每个脚印里都凝满风霜
夜被打开
眼睛就是太阳
世界被打开
竟有那么多值得赞美的生命
种子被打开
绽蕾的花朵渴望竞放
心被打开
飞出一只光耀寰宇的涅槃的凤凰

在墓园

风吹着墓园的衰草
又一年，大地上
又增添多少新冢

这里是路的悬崖
时间的尽头
简单的一捧黄土
埋多少复杂人生

风吹着，日月围墓碑旋转
烟云悬一片巨大的死静
死静里，可听见或远或近
依稀传来他们出世的啼声
丽日，雨雪
苦乐，荣辱
同织就个个匆忙的人生

风吹着，不经意间

血冷了，灯灭了
转眼便化作泥沙
沉入逝水，空留多少
歉疚、愧悔和未了的梦
千山水远，只回荡隐隐涛声

风吹着，回头望一眼
杜鹃声里，都是背影
只身边一块块石头
苍白的，坚硬的，冰冷的
记着他们的名字

风吹着，呵，人生
太仓促，太短暂
珍重吧，朋友，珍重吧
珍重这仅有一次的生命
只墓碑上青草岁岁舒青

听一群人谈历史

一些人

历史已经死去

说出这句话

所有的星星便都陨落了

历史已经死去

睫毛闭合了

一半是昼，一半是夜

一半是男人，一半是女人

历史是旧报纸

裹着的一块石头

埋在坟墓里

封在神殿中

已经死去

寂静得使人恐怖

它的影子也已死去

只能发出

泥土和朽木的霉味

另一些人

不，历史仍然活着
它的心仍在跳动
在阳光下，流水中
它呼吸，它旋转
无处不在
甚至就在我们血里
哭，笑
有时呐喊，有时歌唱
它很忙，即使睡着
也从卷帙浩繁的史籍间
大睁着眼，目光
无时无刻不穿过昨天的门窗
瞩望着我们
清醒而理智
有时严厉，像父亲
有时温慈，像母亲
有时像情人
有时像孩子

另一些人

历史是一阵阵风，是一排排浪
或是一个精魂，一片幻影
今天就是它昨天的回声

它虚无
却又真实存在
很具体，有力量
有时很薄，透明，很轻，像云
有时又很厚，很重，像大地
或恐龙的叫声
你去问母亲的子宫和乳房
你去看它匆忙的脚步
它一边忙着生长
一边忙着死亡
对逝者，它已死去
对生者，它仍然活着，并很强大

又一些人
历史是从时空缝隙
滴下的真实
首先，该从我们身上去找
它很高，高过云的翅膀和
任何一双鞋子的脚
或从昨天的笔尖和刀尖上去找
笔尖下的字是一颗颗钉子
刀尖滴下的血是一把把火
它无声
却又不时严厉地告诫我们

它落下的一片片叶子
都是写给今天我们的信笺
不是哲学的抽象
也不是宗教的隐喻
是另一个太阳
照耀在我们的生命和语言之间
催我们生出翅膀
飞向未来

关于我们的身体

对母亲孕育的我们的身体
写多少诗都嫌太少

这是头
有转动的眼睛
呼吸的鼻子和嘴
这是支撑头颅的肩膀
这是有十根手指的手
这是用来负重的脚
这是看不见却触摸得到的骨架
使你站立好像一个人
还有分秒不停的忙碌的血和
无处不在的机灵的神经
一件件都简洁、完整、优质
没有多余的东西
是大自然亿万年塑造成的
完美的物种
和比邻的狗、小鸟、树和野草

没有什么不同

它并不是人

人
要有灵魂和思想
存在于历史中的精神，远比
存在于自然的肉体
更有价值和值得赞美
它们有巨大的重量和力量

使生命
超越时空，战胜死亡
和太阳对话
懂得爱憎和荣辱，向往无限
才使头、肩膀、手、脚和骨架
能称为人
才使我们感到可爱和美丽
虽然我们看不见
它们在哪儿呢

哭　泣

有谁肯告诉我
为什么人越老越爱哭泣
尽管在众人面前
会悄悄转过脸擦拭眼泪

为什么人老后竟会
变成三岁孩子
希望母亲抱抱擦去泪水

每天听到一条条黑色新闻
罪恶的屠杀
不幸的伤害
地震，水灾，空难
血泊，灰烬便会
掺入我的泪水
看影剧，读诗歌，听音乐
当痛苦倾斜下来
咸涩的泪珠便滚下嘴角

缀在胡子上
像草叶间闪光的露水
我的两眼
是永不愈合的伤口
是生活的严酷
是感情的痛苦
是唤回了自己一生苦辣酸甜的往昔
是对世界和生命的爱
是我的诗过于软弱
泪腺难以承受悲悯的重量
常常，入夜也难以入睡
心在颤栗

我读过深刻的哲学
冷静的生理学，心理学
仁慈的圣经和佛典
学会了辨析、思考和倾听
但泪总在痛苦中
一滴跟着一滴淌下来
全不理会
生与死，灵与肉，忏悔和救赎
尽管这多么无用

人老了，再没有母亲用手帕
安慰我们

送你一个中国结

我们的生活
半是欢乐，半是痛苦
就让我把这吉祥结
挂在你心的深处

是一朵怒放的大红花
是一杯香醇的酒
是一只圆润的红苹果
或一束成熟的粱黍

让它涤荡你生活的烦忧
排遣你的抑郁和愁苦
居家，照亮火红的日子
远行，伴你一起上路

从一个结到一个结
传递手挽手的温暖
用一个扣压一个扣

让心贴紧心，依依倾诉

不必问是哪个姑娘的巧手
编就这丝光闪闪的流韵
请将这朵盈盈浅笑
融进你笑的情愫

亲爱的朋友请接受
这爱，这美，这浓浓的祝福
就让我把这古老民族智慧的密码
挂在你心的深处

我们创造未来

都已醒来，都已醒来
每座山的每块石头
每条河的每滴水珠
每棵树的每片叶子
都在和我们一起创造未来

钟在敲响，鼓在敲响
一台 21 世纪的强大引擎
在中国古大陆轰轰响起
是我们心跳的声音
是我们阔步的声音
每个人都从自己的位置
出发，创造未来

不是用祈祷召唤明天
卷起衣袖，开襟解怀
用汗，用泪，甚至血
一个民族几百年

被屈辱啃剩下的骨头
如今，浑身肌肉
比黝黑的铁锤更结实
而聪明的思想
比神经更敏锐

听云计算机讲述时间和速度
听高铁车轮解释空间和距离
我们就是从这样的时空间
一边和历史谈心，告慰先人
一边建设明天，激励来者
披荆斩棘，创造未来

在中国这片热气腾腾的大地上
每副大脑和双手都很忙碌
这儿没有一条闲散的路
不让一秒钟从指缝白白流淌
张开翅膀的春天多么好
我们的每一天都是新的出发

明天，在我们的生活里
汗，将变成珍珠
泪，将变成星光
血，将变成花朵，遍地盛开

旅踪

绿云如梦

难忘初访白洋淀的第一个早晨

黎明
木船划过苇丛
惊起几只苇鹰
噗喇喇，拍几下水面飞去
瞬间，再不见影踪
只留几圈涟漪，几声啼鸣
和从鹅黄趾蹼间
洒落的几滴水珠
映着郁郁苍苍的
水淋淋的宁静的黎明

不见淀泊深处
网前网后
编席，养鸭，多少人家
却见几缕炊烟上升
湖面不散的凝云水雾

是可以切割的黏稠的油彩
又真实，又朦胧
菖蒲幽香里，绿云如梦
桂花鱼仍在沉睡么
白洋淀睁开了眼睛

一只阿拉伯单峰驼爬上了黄山

陪同阿拉伯艺术家联合会主席萨阿德丁·瓦赫贝先生（埃及）游黄山。

一只阿拉伯单峰驼
爬上了黄山
他暂时把金银和
金字塔上的太阳
储进驼峰
他想把肺叶里的黄沙
洗净
他的单峰成为这里的
又一座山峰

他大张开鼻孔喘息
大张开重睑凝望
脚下翻滚的云涛
使他想起撒哈拉的沙海
棵棵椰枣树的影子

仍铺在他肩膀上

他用不准确的汉语
问候遇到的
每座怪石，每棵奇松
“你——好！”“你——好！”
他惊异这里
空间像丝绸
风比奶更香
鸟鸣比水晶更亮

他触摸到了真实的自然和
悬在半空的中国山水画，以及
东方古老文明的脸
他把满口袋惊奇和
一垛子浓浓的友情
全部卸在了这儿

他的小胡子颤动着
手指上的大戒指像一个梦
我们坐在长椅上，他说
请把我随便系在哪棵松树下
真想多留在这儿一会
只是祖国沙漠上

我的发烫的脚印
会昂起头召唤我
担心我的胃和水脬
退化

海港城

年轻的高昂着头的海港城
晒得黑黑的闪亮的海港城
晨光里，每棵树都是透明的

一半驮在山鹰背上
黑翅膀是多梦的
一半驮在海鸥背上
白翅膀是多幻想的
韵律，弧线，光斑
在花香里款款流动

红绿灯和酒杯总是很忙
车轮和旅游鞋总是很拥挤
夜酒吧的小提琴总是很多情
电脑和手机是市场的神

塔吊用手臂
召唤远港的灯火

集装箱在光影跳荡里
排列着，堆挤着，做梦

新嫁娘般妩媚的海港城
健美的魅力无限的海港城
雄心勃勃地望着五大洲
呼啸着光芒四射的
新工业时代的到来

海 螺

一只太平洋深处的海螺
在我书橱的这世界一隅枯坐

像海底的一颗卵石
是海面的一个漩涡

它很小，小得如一粒沙子
又很大，如一个闪烁的星座

它留恋滔天的海浪
又怀念鱼和海鸥的快乐

它有时沉默却犹在沉沉思索
历史、宇宙和今天的生活

莫说它贫穷，一无所有
它斑斓的色彩如一支歌

更是，它有一副嘹亮的喉咙
不时便抑制不住地高歌

问　海

大海总在呼喊什么
但它从不告诉你
甚至你全不知它是愤怒还是欢喜

白天这么喊
夜晚也这么喊
炸雷般轰隆隆地摇天撼地

沙滩上卖贝壳的孩子
眯着眼望远海的水手
谁能告诉我它在喊什么

月亮说它是在唱歌
云朵说它在寻找或召唤什么
风说它痛苦，是在哭泣

浪花已变成飞旋的水鸟
流星早化作海底沙碛

这么久，没有谁能告诉你

朋友呵，弯下腰尝一口，甚或一滴
它在说:“这是我的生命！”
你就再不是你自己

为一艘新船下水而歌

今天是你的生日
刚剪断脐带的婴儿
我们把第一滴水交给你
把这片港湾交给你
彩带和花雨已经撒过
放飞的气球也已经飘远
我们把茫茫大海交给你

鲜花为你开放一路的远方
有闪光的珍珠、珊瑚
玫瑰的朝霞
飞溅的流星雨
可也有爱发脾气的狂涛
狡诈的浪涌
诡谲的乌云和
漫天横飞的暴风雪

像一条鱼那样去爱海吧

像一只海鸥那样去爱海吧
你的鳃和翅膀是坚强的
永远高昂着头保持你的尊严
惊涛、礁石和雷火
铸就的生命是骄傲的

去吧，去认识经线和纬线
漂移的大陆，旋转的星斗
去认识一浬一浬的爱养大的水族
和我们这个不断熄灭又燃烧的
世界

写在鼓浪屿钢琴博物馆

一架琴，一架琴，一架琴
静静地坐在这儿
眨着眼睛，闭着嘴唇
我不懂它们的文字
却懂得它们的语言
不要问它们的籍贯和种族
也莫问为何聚集在这儿
倚着危岩，傍着海涛

一架琴，一架琴，一架琴
静静地坐在这儿
闭着眼睛，打开耳朵
不是为装饰这里的风景
是来认识东方古大陆
尽头的凄楚风雨和
生命的呼号

一架琴，一架琴，一架琴

静静地坐在这儿
睁开眼睛，放开喉咙
待炮声隐去
蓝色波涛就滚过琴键
不同时代的语言
汇成合鸣的交响
引得窗外繁花争相绽放
每片叶子都在舞蹈

你听，你听
从它们胸腔流出的
不是声音，不是声音
是一种生命深处的
苦难，欢乐、梦幻和渴望
以最高形式的语言
向你歌唱

告别厦门

厦门，我向你告别
请送我一片叶子
让我带回北方
把落日留给海峡
把标灯留给涛浪
是热风吹拂的一根羽毛
是碧波闪动的一片鳞光
我要把它带回北方
是要带回
礁岩上激溅的浪花
浪花迸射的渔火、星光
是要带回
夜夜潮音低缓的小夜曲
日日楼宇间环舞的翅膀
你层层叠叠花树间
凝成粒粒宝石的鸟鸣
你声声鸟鸣中
惹人沉醉的清香

我是要带回
一个爱清洁的世界
一个烈火炼就的灵魂
一座成熟城市的
深刻激情和思想
我是要带回
你给我的滚烫的爱
带回一只白鹭般天真素洁的
妩媚夺人的姑娘
我要带回你一片叶子
是要带回
旋转着飘落的
一片大自然，一种哲学
一部史书，一卷诗章

它会喜欢黄土陶片
憨厚的北方
那苍烟紧锁万古的黄河
云头腾跃千载的长城
那烈酒般冰雪的豪情
苍茫大地的雄浑与悲壮

厦门，我向你告别
请送我一片叶子

让我带回北方
请它教我和我的孤独
怎样生活和歌唱

深圳警示钟

一部中国断代史
一座碑
一个凝固的雄浑的声音
静静地悬挂在深圳街头
遥望着血的一八四二年
在中国海的浪尖上燃烧

格林威治时间是坚硬的
不要忘记，不要忘记
生锈的铁炮和不生锈的历史
从钟钮到钟唇
流淌的都是滚沸的血
无论对死去的
或还未出生的人
都是永难愈合的伤口

把它敲响、把它敲响
让它

昭示一个崛起的种族
让我们
从它的肤色认识铜
从它的体态认识尊严
从它的喊声认识爱与和平

音乐喷泉

我们的城市在歌唱
城市胸膛的广场上
跳跃的喷泉在歌唱

唱歌的是高高低低的水柱
水柱是一排披着白纱的姑娘
流盼的眼睛神采飞扬

跳跃的音符，起伏的旋律
诗的情韵，水的舞蹈
无形的弦键在闪光

没有水的城市是沙漠
没有歌的城市不会飞翔
生命就该有梦、追求和渴望

歌声腾起一弯彩虹
虹桥下鲜花开放

醉人的大气，甜美又清香

我们的城市比春天还繁忙
一边瞩望明天，一边展示笑
一边成长，一边歌唱

在酒楼

酒楼
缓缓转动的餐台
炙热的铁板上，火
煎着鲜嫩的乳鸽
油渍吱吱地叫着

再没有转动的眼睛
轻盈翻飞的身影和
素洁如花的生命
连影子也没有
只片片油亮的变黄的
胸脯、翅膀和腿
在油渍里吱吱地叫

这是什么声音
酒杯摇荡着
骨头丢在餐桌上
天真的小鸽子

还不认识蓝天白云和街树
不认识人和这个世界
窗外，风掠过
本该属于它们的
蓝天、白云和街树
一起扭曲地倾斜下来
压抑的恐怖里
蓝天找不到胸脯
白云找不到翅膀
街树找不到腿
再没有露珠般的黎明
再没有飞翔和歌唱

对于爱和生命
这个狭窄、野蛮、丑陋的世界
除了愤怒和痛苦
还有什么

剔着牙齿的人们散去了
谁也没有感到丢失了些什么

菜市场所见

早晨
喧嚣繁忙大城的菜市场
灯光照着的木案上
一条鲜活的大草鱼
被切成三段，等待出售

三段浸透血渍的鱼
再吐不出水泡、荡不起涟漪
却仍保持着生命的尊严
显示出强烈的生存渴望和期冀

尾鳍最后轻拍了一下
哦，不是河水、水草和沙泥
背鳍下，鳞片闪光
胸膛肌肉似仍在抽搐
那愤怒的倔强的头
再寻不到自己的身体
感觉有些轻飘却仍是清醒的

嘴，大张着喊不出声
鳃，挣扎着掀动一下，呼吸停止
一双眼望了右边又望左边
倾斜的波浪像在翻卷
却不见山光水影、蓝天丽日
哦，埋着梦的河流在远方
远方的河或也正在寻找自己

一条被切成三段的鱼
连同它的历史和记忆
一起无奈地躺在木案上
面对走过的没有表情的人群

三个不同售价的标签
冷冷地陪在旁边
鱼不认识它们
它们认识鱼

喧嚣繁忙的大城，全然
没理会这个被切成三段的生命
车轮旋转着，齿轮旋转着
没有谁知道何时会被人买走
灯光照耀着、血渍浸泡着的人间，这
永恒的断裂

访贺兰山岩画

穿过青铜峡的芦苇丛
踏过西夏王陵的阶梯
跨过铺满乱石的干河滩
头上山鹰，脚下蜥蜴
引我寻访贺兰山的古岩画

吹来吹去的风
掀动一页页中国古代史
我不懂西夏文
只见裸壁上一个个男女
狩猎，劳动，舞蹈，交媾
闭上眼，就和他们相隔千古
睁开眼，又清晰听见他们的呼吸
我不认识他们
只知是我们辛劳的先祖
他们不认识我
丢给我许多难解的谜

太阳，过早地滑下山脊
一弯新月便挂上峭壁
是成吉思汗铁骑的马掌
抑或是李元昊打制的剑戟
照着石头里鲜活的生命和
流下石头的渴望和情欲
如谷底潺潺的溪水

我看见了瞬即凋零的时间
我摸到了永不凋落的历史

风吹着
吹着亮闪闪的萤火、磷光
也吹着银川城旋转跳动的灯火
一起辉映在地平线上
沉沉浮浮，明明灭灭

妈妈的话

——记汶川地震

孩子，妈妈今天来看你
让我亲亲你的小脸
让我为你梳好头发
给你戴上好看的头花
你要懂讲卫生
可今天我没能为你
换件干净衣服，也未能为你
剪一剪指甲

不要再看我
我要用手闭合你的眼睛
没有用的我，没能看好你
还常常斥责你
现在，我只能点一支白烛
照亮你去走天国的路
你要和同学们牵着手

慢慢走好，不要想我

明天，如果用白布把你包起来
你便是一只圣洁的茧
后天就会变成一只
飞在花丛的蝴蝶
你的生命会如此美丽

孩子，我知道明天该做些什么
祖国会扶着我
从废墟上站起来
坚强地，向前走

小学校长

——记汶川地震

他是这所小学的校长
三天蹲守在教室的废墟旁
像一片枯落的叶子
当又抬出一个孩子的遗体
他便疯狂地踉跄着扑上去
用嘶哑的声音哭号着
呼唤他熟悉的名字
又用颤抖的手
摘下他乱发间的石渣
用矿泉水擦净一张张小脸
又抻平他们皱巴的衣角

只三天前还是活泼的生命
清脆的读书声比阳光还明亮
现在，竟变成一只只缚住翅膀的小鸟
只三天前他还多么年轻

如今，一下子突然苍老了
他没有东西送给孩子们
只采来一支支野花
送他们在花香中远行
他哽咽着说些什么
我听不清，我转过脸去
不愿让他看见我涕泪横流

又想起青海湖

多年前，曾三次访问青海湖，昨突接一位当年在湖畔相识的藏族朋友的来信，谈及青海湖，便使我又想起了它。

三次去看青海湖
三次带回珍贵的赠礼
第一次是一支蓝色的羽毛
第二次是一把粗犷的草籽
第三次是几颗圆润的石子
不必问，是——
哪只鸟梳落的羽毛
哪棵草结出的草籽
哪座雪山滚落的石子
在倾斜旋转的大陆之上
在青稞麦芒流荡的喧响之上
在山鹰翅膀和风之上
蓝色的，粗犷的，圆润的
波光闪闪的青海湖
我又想起了你

和奥秘的经幡一起翻卷的
漠漠大水千古不息
不息中，却也有机缘短暂的相遇
草滩放牧的阿妈
捧我一碗鲜浓的奶
水上打鱼的阿爸
递我一碗醇烈的酒
湖畔放蜂的阿哥
送我一杯清香的蜜
在苍茫蛮荒的空间
在藏獒野性的吠声之上
在神佛的光晕和白云之上
鲜浓的，醇烈的，清香的
波光闪闪的青海湖
我又想起了你

生　命

几枚鸟蛋沉沉地
压在湿地滩涂草丛里
不是石子
是带褐斑的青色的鸟蛋

头上，不时飞卷着乱云
身边，惊涛在不住喧响

你弯下腰，就会听见
鲜活的生命在跃动
这些还不懂生活
却知道这个世界可爱又可怕

此刻，它们的母亲呢
在飞翔，还是潜水
也许，很快就会回来

比起浩瀚的蓝天大海

它们实在太小
太小，却是有血有肉的生命
现在，即使
还不会哭，不会笑
却已在准备自己的
眼睛，趾爪，嘴，翅膀
每片羽毛和周身的血
它们相信自己的力量
它们是生命
生命
应该是地平线上最大的存在

为了迎接一个个明天
白天，燃烧的阳光
黑夜，乱飞的星斗和
无论白天或黑夜都会
突然袭来的呼啸的暴风雨

当然，还有爱情和死亡

汉长城

在黄土塬起伏的曲线里
逶迤的断壁是汉长城
一个强大帝国沉落了
只留它在这里瞭望着我们

它的颜色染就我们民族的肤色
它的性格英武而率真
雨雪剥蚀了巍巍墙体
却摧毁不了它勇敢的灵魂

墙里长着坚韧的沙蒿
墙外有不死的胡杨林
它们和长城长相厮守
风里雨里结为至亲

我从远方来寻访它
从粗砺的沙石草梗间
摸到一把温热的血

我的影子斜映在土壁上
心紧依着民族的根

风掠过，卷起漫空沙尘
一边摇曳嘶鸣的茅草
一边撩起我的衣襟
两千年直立不仆
为让我们认识不屈的精神

石　马

自从见到霍去病墓前的石马
我总有些担心
它不吃草，已两千年
加上风化，显然瘦了些
但我看见它周身
健壮的肌块仍不住抽动
骨节也咯咯作响
一双尖耳总在机敏地转动
太久了，已两千年
没见到主人头盔上的红缨飘飞
它像等得不耐烦了
我真担心说不定哪个拂晓或暗夜
它会咴咴地叫着，猛然跃起
逃离主人，曳着鞍鞯奔向沙场
祁连山上空的鹰会认出它
它翻飞的四蹄溅起两千年前
染血的箭镞、砾石和白骨
使白草间的凝云
惊慌四散

生命的美丽

在蛮荒苦涩的乌蒙山
我看见了生命的美

是挂在山麓层层梯田里
苦命相拥的青稞
以钢丝般坚韧的根
执拗地，紧抓住
一小片一小片重叠瘦土
全靠山民的汗水滋育长大
然后又挣扎着以自己的生命
喂养有同样命运的
一个民族的血

就是这一小片一小片贫穷的青稞
以针刺般的麦芒
闪耀着逼人的意志之光
又以头颅、肩膀和全生命的力量
抵御不时袭来的

泥石流、冰雹和雨雪
终生也不知欢乐和幸福
艰辛中，只知催自己快快成熟

就是这一小片一小片没有高贵身份的
野性的青稞
不自卑，也不羞愧
悲壮得使人战栗
凄苦得让人心碎
即使身躯羸弱，遍体鳞伤
也乐观地簇拥着，自信地
摇荡着苍茫云水
摇荡着山寨温暖的炊烟和
灶台上土碗的烈酒
以无声的呐喊和亲昵的絮语
相互激励着展示自己的价值

生长在乌蒙山梯田的
惹人怜爱的青稞
让我看见了撼人心魄的
生命的美

喜欢黑戈壁的理由

黑得耀眼的砾石沙碛
静静地横陈在接天的大地
日夜承受炎阳冰雪
从不嫌艰辛和贫瘠
看见它就看见了苦难与坚毅

它们黝黑、斑驳、甚至丑陋
却摒弃任何浮华伪饰
欣愿赤裸裸地袒露自己
展现品格的坦诚、意志的尖利
看见它就看见了高洁与正直

它们不论大小、高贵或卑微
都不亢不卑地融为一体
共守着生身的荒滩热土和
对梦的渴望、历史的记忆
看见它就看见了率真与美丽

游野生动物园想起自由

野生动物园，对我们
是另一个真实的世界
进园去，我们就和野兽
互换了身份和位置

这里，小溪、风和云是自由的
它们知道自由是精神的生命
就很快乐

石头、大树和野草有思想自由
但它们不能任意行动
就不太快乐

老虎、狮子和黑熊是自由的
它们可以任意猎食和交媾
它们知道它的价值
它们认真巡视一切，它们是主人
它们悠闲地散步，优雅得像绅士

看见我们就愤怒地跑来拍打车门
又傲慢地站起来吼叫着
抓挠车玻璃
尖利的牙齿，抖动的胡须
几乎要吃掉我们
它们很自由，就很快乐

我们躲在封闭的游览车里
不能出去，就像
关在动物园铁笼里的它们
不能不使你想到
生命失去了自由就失去了尊严和重量
成为世界上最贫穷的人
没有精神和灵魂的自由
就失去了自己存在的价值

要敢于承认自己是受约束的
就会感到自己是最自由的

比鲜花更美
却又血迹斑斑的自由呵

夜飞行

飞机舷窗闭上了眼睛
人和行李便睡了
报纸和垂下的小桌板便睡了
世界变得很小
没有声音

窗外有波涛拍打机体
它轻摇了一下
有鱼游过，浪花激溅
它颤动了一下
会不会撞上暗礁
我有点害怕
安全带安抚了我
像有什么滑落海底
没有谁知道

打开机窗望一眼
无边的死寂和黑暗在旋转

远处，玻璃碎片在旋转
又像浮游在云海之上

划过一个亮点又一个亮点
世界变得很大
没有声音

起点已经睡去而终点醒着
一个个斜倚在靠椅上的梦想醒着
黑匣子醒着
腕表上的秒针和距离醒着
一寸一寸的醒着

战争与和平

火的记忆

火——
一个多么强大威武
又辉煌又壮丽又圣洁的大词
照耀上帝也照耀魔鬼

从我们认识石头就认识它
从我们认识木头就认识它
认识它才知道
黑夜的黑，严寒的冷
距我们生活和真理最近的火

还记得山河浴血的岁月么
在生与死的搏斗中
遍地腾飞烟雾下
奔跑着噼噼啪啪的野火
我们在冰河边点燃柴堆
烘暖通红的脸、麻木的脚
烤热冻硬的干粮和水壶

熊熊烈焰像艳丽的花朵
暗夜行军中，多么渴盼
一户人家，半窗灯火
如摇梦的盈盈的眼睛
乃至长途奔袭的山路上
战马蹄下飞迸的火花
都是一个民族
翻飞的旗帜或滚烫的血

静下来，请静下来
听它讲述胜利和敌人的死亡
直到拂晓

把它腾飞的翅膀谱进战歌吧
把它跳动的心脏写进颂诗吧

对祖国，对母亲
为什么至今我总是时时忆起它
像从灰烬下拨出通红的火炭
只因在它的跳跃和飘动中
看见了生命，看见了美
看见了在生命和美之上的
明天和自由

信仰的力量

抗日战争中一个真实的故事

一个女共产党员被捕了
一个即将分娩的母亲
一个圣洁坚贞的年轻的生命
拖着沉重的铁镣
哗啦啦、哗啦啦地
昂着头从长街走进牢房里

没几天生下一个婴儿
嘹亮的啼声震颤四壁
她撕下仅有的烂衫
包住他拥进怀里
一个加一个追求自由的生命
闪烁在漆黑的大地

她没有乳汁停止他的哭声
只能轻轻地摇着，拍着，吻着

这个瘦弱的小小的身体

敌人进来，带着半瓶奶
把奶嘴塞进婴儿嘴里
突然，像爆炸的雷
猛见她双眼怒睁，奋力一击
将奶瓶打碎一地
然后，一掠头发，咬破手臂
让血流进婴儿的嘴里
一滴，一滴……

为她擦去眼泪吧

报载：在南京利济巷一处侵华日军慰安所旧址上建立的“慰安妇”主题纪念馆A展厅内，有一块女性面容的浮雕，旁刻有一行中英文字提示：“请您为她擦去眼泪吧！”许多参访者来此，都拿起毛巾为她擦拭流下的泪水……

我的头巾上洒满红高粱花的
北方锄草的姐妹
我的被露水打湿蓝围腰的
南方采桑的姐妹
一百个春天也唤不回
千万受辱的冤魂
数不清心碎的往事、心酸的背影
在一个民族屈辱的年代
和血，和火，一起汇进
永远忘不了的仇恨、流不尽的泪里
在时间深处，记忆深处，痛苦深处

如今，经浴血的厮杀和抗争

终于迎来玫瑰色的黎明
我们留下满身创伤的
江南塞北的母亲
愤怒地、坚强地站在阳光里
血写的历史不会褪色
石头里的火种不会熄灭
尽管谁也无法抚平她们心头的伤口
让我们擦去她们的泪水吧
听她讲述生命的尊严和自由
在石头尽头，苦难尽头，语言尽头

在万人坑边

没有眼睛，没有嘴唇
没有微笑和哭泣
这么多白骨，横七竖八地
堆挤着，委弃在那儿
这么多互不相识的
脊骨，肋骨，骶骨，股骨
长的，短的，粗的，细的
残损的骨渣和碎片

你是谁？不知道
你叫什么名字？不知道
你多大年纪？不知道
你家在哪儿？不知道
这么多互不相识的
男人，女人，老人和孩子

这是谁的
子弹洞穿的颅骨

眼洞大张着却看不见
这是谁的
套了铁锁的胫骨
锈迹斑斑却无法站立

都曾有过
全家灯下欢乐的晚餐
妈妈温暖的怀抱
夫妻亲昵的抚摸
孩子稚嫩的歌唱
一个个幸福的家庭
一个个鲜活的生命
现在一切都已结束

这里再没有肩膀、乳房、手和脚
再没有呼吸和脉搏
血和反抗的呼喊，连同
许多懊悔、追求和渴望
许多未了的爱憎恩仇和梦
都埋进了泥土
汗泪搅拌着
沙粒覆盖着
草根扭曲地缠绕着
没有人知道

如今，这里再不需要什么
阳光，水，食物，酒
衣服，鞋子，金钱，绒毛熊
乃至怜悯和悼念的花朵
这对他们，都再没有什么意义

风卷着枯叶草节吹过去
云漫不经心地飘过去
不懂事的鸟叫着飞过去
夜来了，磷光萤火，一闪一闪
一弯冷月惨淡地抚摸着他们
明晨，露水将打湿大地和疯长的野草

现在，这里什么也没有
除了牙齿咬着的仇恨和死亡
巨大的窒息里
静静地等待——复仇

一粒弹壳

铁和火的战争
已埋在废墟下
七十年埋着生锈的弹壳和
不生锈的眼泪、鲜血和白骨

今天，天真的孩子们不懂得
先辈伤疤下是
七十年前的惨烈和牺牲
不懂得那之后这漫长的七十年
是一代人两代人变老的岁月

孩子们嬉笑着捡到
推土机掘出的一粒弹壳
当哨子来吹
一声声尖厉的哨音
撕扯着老一代人的心灵和神经

天真的孩子们不知道

也许正是它七十年前
杀死了爷爷和奶奶

他们没听见过弹片呼啸的声音
子弹射穿胸膛的声音
黏稠的血喷出伤口的声音
他们不理解
从武器到乐器的距离
多么艰辛、漫长和遥远

（战争太大了，太大了
原谅我在这里用一粒
太小太小的弹壳讲述那个
壮怀激烈的大时代和人间生死）

中国，九万里山河浴火
百千秋风雨忠魂
看远方篝火明灭处，多少
英雄的呐喊、反抗和厮杀
正传来隐隐回声

让历史告诉我们
七十年前那血的真实
正催开一个民族生命的花朵
遍地开放

乌斯浑河的十月

——挽歌

乌斯浑河水的十月
八颗心、八支步枪
八缕长发飘荡在浪尖上
八副胸膛紧抱在一起
八根脊骨向太阳
我的八位值得骄傲的姐妹
风雨中，把自己交给滚滚涛浪
她们不是落叶，不会沉没
她们和我们一起生长

乌斯浑河畔的十月
年年，一丛野菊花
总在弹坑里开放
八朵白花，白得圣洁
白得清澈而端庄
冷峻中，散出浓郁的幽香

这里没有一支胆怯的枪
她们用血火把它擦亮
八颗仇恨烧红的子弹
煮沸河水，发出喧响

乌斯浑河告诉牡丹江[①]
牡丹江告诉松花江
松花江告诉黑龙江
层层波涛，页页历史
写的都是
强大的尊严能穿透死亡

① 乌斯浑河是牡丹江的支流，牡丹江是松花江的支流，松花江是黑龙江的支流。

一盏旧马灯

历史已经睡去
它仍醒着
静静地站在
烟之外，云之外，潮汐之外

一盏旧马灯
底座已经锈蚀
但它的光焰
曾穿透过黑暗
战胜过崎岖小路和暴风雪
目击过血泊、废墟和疯狂的牙齿
它以勇敢的生命
埋葬了旧世界

而今，它默默地坐在这儿
不回望，不炫耀
也不愿讲自己的经历
可谁都知道

它比任何人都更懂得
夜的深度和重量
因为它的存在
才使人更加深了
对今天和光明的渴望

不要嫌它老旧吧
它使我们像认识太阳一样
认识了一个悲壮的年代

踏过冰河

1951 年 1 月赴朝鲜战地采访，如今几十年过去，当年离开祖国时的瞬间情景，始终难忘。

一九五一年一月，夜黑如铁
鸭绿江冰封了河水
被炸后巨大的冰块
推挤着竖起来
折射出炮火刺眼的强光

我们跨过去踏在异国废墟上
谁说了句
“看！背后就是祖国！”
一句话烧沸了腔腔热血
回望刚刚站立起来的祖国
几点稀疏的火光
寒风中明明灭灭

可是家乡土灶前

映着母亲白发的火苗
可是艰苦行军路上
战友点燃的飘动的篝火
可是刚刚苏醒的小城街头
新燃起的怯怯灯盏
遥遥辉映着痛苦的冰河

我们看见了亲人的眼睛
我们听见了祖国的脉搏
静默中，我们行了个军礼
转身就冲向了硝烟炮火

如今，当年的激情岁月
早被滔滔江水淹没了
现在的年轻人不会懂得
一九五一年如铁的黑夜
刺骨的风吹着，吹着
严酷中凋敝大地上的火光，吹着
它的儿女滚烫的心窝，吹着
站起来的愤怒的江流
巨大冰块的强光
穿透横飞的铁血
逼视着一个难忘的年代

战争胜利的那一天

我的生命里有这样的一天
战争胜利的一天

那天，突然发觉
天安静下来
地球停止了转动
突然发现
天多么蓝，阳光多么亮
花多么香，空气多么甜
那天，突然发现
整个空间全被鲜红染遍
白天是飞扬的旗帜
夜晚是烛天的火炬
苍茫云水间，到处是
擂得地动山摇的大鼓
纷飞炸响的花鞭

人们都在喊

胜利了！我们胜利了
记住这一天
外科医生包扎好
最后一名伤员的伤口
老奶奶用颤抖的手
抚摸着儿子的遗像
人们都在喊
记住这一天

这一天，大街小巷
人人都变成了疯子
未整好衣衫就冲出家门
涌向街头又汇向广场
很久未见的朋友相见了
“你还活着？”，“手风琴呢？”
不相识的人牵起手，跳呵，唱呵
一张张《号外》像翻飞的雪片

胜利了！我们胜利了
记住这一天
终于收复了人间正义与尊严
快告诉那些已去的英烈
甚至每棵树，每条道路
每座桥，每条河水，以及

未及开放便夭折的花朵

人们都在喊
胜利了！我们胜利了
记住这一天
我们更痛切地认识了祖国和自己
认识它们有多么自豪
我们更深刻地理解了战争与和平
理解它们有多么艰难

今天，我像一本九十页的书
被风一页页反复掀动
我的生命里有这样的一天
战争胜利的一天
那一年我十八岁
我看见了明天，多么诱人的明天
呵，我的书呢？我的笔呢
笑吧，和我一起尽兴地笑吧
一个十足长大的男子汉
关起门竟大哭得泪流满面

看非洲舞蹈

只有他们认识这片大陆
他们就是这片大陆

男人突起的肌腱是峥嵘的山岩
又彪悍，又强壮，又纯朴
舞动的手臂上滚过年轻的河流
周身飞溅着情欲、欢乐和向往

女人的眼睛是流星
丰满的胸脯颤动着
她们用乳汁营养了整个大陆
蓊蓊郁郁的草莽和雨林

在炎阳辐射的荒滩上
在大砂粒折射着针刺的光芒里
他们从头发到脚趾
以原始的旋律和简单的扭动
讲述生命的倔强和生活的艰辛

讲述痛苦的历史和渴望
使大地颤动

对如此使人敬畏的大自然
对大自然孳育的如此自豪的种族
对这一种族的灵肉呈现出的
如此巨大的精神力量以及
它们所展示的信仰的虔诚和率真之美
头上摇曳的羽毛
胸前闪烁的项圈
腰间掀动的草裙
脚腕摇响的银铃
都显得多余

非洲木雕

从古大陆板块冲撞的缝隙间
从肥厚嘴唇流出的创世纪史诗中
从深山裸壁的岩画上走来的
剽悍的男人、健硕的女人和
狮子、象、犀牛、斑马的大群
一起骄傲地集聚在这儿
似火的赤道线上，太阳照耀着

卷曲黑发的男人，情感亢奋，活力四射
肥臀丰乳的女人，丰腴得乳汁喷溅
动物们鬃毛飞扬，尖角耸峙
一块块肌腱抽动，血脉贲张
长鬃拂扫流云，劲蹄刨起沙碛
在荒漠和雨林间蒸腾的大草原
雷一般滚动的生命在生长

是哪位匠师斫木，雕刻，打磨
以刚果河飞卷的韵律

以撒哈拉流沙涌动的曲线
凝成紫檀的闪光，乌木的沉默
奔腾的山海，激荡的野性
悬垂在龙舌兰的利齿和
疯长的针茅草尖上
一滩冷月下，血燃烧着

蛮荒的岩石，泥土，飓风，雷电.
闪着黄金，钻石，铜和火的光芒
一起停止奔突雄踞在颤动的地平线上
都是英武种族和苍莽大陆的灵魂
袒露着率真和朴拙的自然之美
逼视着这个锈蚀斑驳的世界
在强大脉搏的跳动中，霞光在流淌

一滴泪

看摄影展上的一张照片，想起陀思妥耶夫斯基说的一句话：“整个世界的幸福，也抵不上一个无辜孩子脸上的一滴泪。”

我看见一个孩子在哭泣
一个三岁鬈发的黑孩子在哭泣
哽咽的声音已经嘶哑
只一滴晶莹的咸涩的泪
从睫毛滚下，缀在嘴角

呵，一滴辛酸的滚烫的泪
从青铜的阿非利加大陆的嘴角
滚到北京一个周末展览大厅里
燃烧的尊严和苦难
辉映着窗前的太阳

我不敢看他骷髅上
那双天真的泪光迸射的大眼睛
它的转动会告诉我

他是一个活着的生命
看见他比看见死亡更恐怖

他太小，只有三岁
除了信任来到的这个人间
什么也不懂，什么也没有
只有挂在嘴角的最后这滴泪
他周围的大人都在干什么
对这个扭曲倾斜的地球
对这片饱受凌辱损害的大陆
对这个泪水过于干涸的世界
这个孩子的这一滴泪
怕会是一颗即将爆炸的
炸弹

受难的土地

——看新闻纪录片后

看这里的天空和大地
需要勇气——
一片遥远的悲戚和痛苦

今天，在那儿
在中东，在西亚，在北非
闪烁在绿色拱顶和金色典籍上
那些古老文明的光辉呢

河水燃烧着
空中，没有一只唱歌的鸟
斑驳的黄色丘陵之上
只有穿过硝烟漩涡和气浪黑洞的
呼啸的钢铁
刺眼的闪电
爆炸的雷火

所有星斗都失去了位置
经纬线被绞成一团乱麻
使条条山河迷失方向
塞满每双眼睛的只有
沙袋，街垒，断垣，残壁
只有荒滩上粗糙的大砂砾
辉映着铁丝网闪光的尖刺

歪斜在路边壕沟的
一门破损锈蚀的大炮
这张现代文明的脸
已变成历史的骨头
把许多生活故事
许多爱恨情仇的细节
都埋进瞬间和永恒
瞬间和永恒是
死去的瓦砾和活着的野草

不是没有生命
一只野狗
一只自由的流浪的野狗
徘徊在废墟上寻找吃食
一群大苍蝇

一群快乐的大苍蝇
麇集在野草间吸吮黏稠的血

没有表情的太阳
火辣辣地望着这一切
死寂空间里
干旱的风，吹着
期待一千次死亡之后
有一千零一次复生

悲　剧

叙利亚三岁的小难民艾蓝·柯迪（Aylan kurdi），2015 年 9 月，为逃避战火，随家人从土耳其前往希腊科斯岛途中，在海上遇难。尸体漂到博德鲁姆海滩上，激起国际社会和全世界舆论的强烈震撼与谴责。2016 年岁暮，这张照片被美国《时代》周刊评为该年百幅最具影响力的焦点人物照片之一。

锋利的陡峭的海浪
一百次又一百次冲击着
把一个三岁孩子小小的尸体
和垃圾、海草、烂船板一起
拍打着推到海滩上

他的祖国被炸弹摧毁了
他的家被炮火吞噬了
他信任这个世界，但他无处躲藏
爸爸把他抱上逃难的小艇
超载的小艇沉没了
波涛成了他避难的坟场

世界丢失了一个孩子
一个刚会蹦跳着唱歌的孩子
叙利亚三岁的小艾蓝
风和云一遍遍寻找他
海鸥焦急地呼唤他
没有回响

锋利的陡峭的海浪
一百次又一百次冲击着
把一个三岁孩子小小的尸体
拍打着推到海滩上
他不是垃圾、海草和烂船板
是一个刚会蹦跳着唱歌的生命
是叙利亚三岁的小艾蓝
静静地趴在海滩上
他天真的梦、渴望、哭和笑
都埋进了汪洋

全世界不同颜色的瞳仁都看见了他
连最远的星星也看见了他
一个人生命尊严的沦丧
谁看见都会惊悚和愤怒
都会周身发冷又发烫

三岁的小艾蓝瘦弱的尸体
躺在高高的祭台上
照着他和这片恐怖海滩的
是一轮失血的苍白的太阳

太阳，照着一个幼小的纯洁的生命
照着他嘴里的大砂粒在闪光
他的眼却仍然大睁着
愤怒地逼视着这个残忍的世界
四方，正传来炸雷的轰响

读《非洲踏寻郑和路》

《非洲踏寻郑和路》是作家李新烽的散文集，2005 年晨光出版社出版。

一

青铜的阿非利加呵
对亚洲东方古大陆的我们
远得像天边的星
或一片不散的云
却又是我们的近邻
我时时总听见你的
鼓点、铃声和歌唱

感谢盛情的邀请
我曾在尼罗河上泛舟
也曾遥望乞力马扎罗山头的白雪
我沿着你石头的纹脉和
老树的根

看到你苦难的历史
也看到今天丰饶质朴的美
使所有的欺骗、掠夺和资本血污
都感到羞愧
后来回到我的祖国
把心留在那里的大城和小村
至今它仍在怦怦跳动
把诗埋进沙碛荒滩
后来都长成了蓬勃的青草

二

干燥的野驼皮般的大陆呵
湿漉漉雨林和茫茫草原的大陆呵
为什么一想起你，首先
总想起渗血的绷带般长的岁月
总想起海岸贩奴的古堡
当一个人失去名字
变成一个冰冷的数字
泪水便撕心地尖叫
为什么一想起你
白天，总看见双双红肿的眼睛
黑夜，是带火的皮鞭、惨白的牙齿
为什么一想起你
眼前总倾斜着

大西洋那条滔滔血路——
人类永远不灭的耻辱和伤口

三

却也有另一页真实酌历史
六百年前，我们的祖先郑和
一次次踏浪远航
为送去丝绸、瓷器和友谊
轻叩你们的大门
浩浩船队，千帆如云
他高擎一盏灯
照耀着翻卷的海水
任鼓满篷帆的风
撩起蓬乱的头发
而在肯尼亚帕泰岛
嶙峋的乱礁丛里
一艘宝船沉没了
它的鳃再不掀动
浪迹岛上的船工水手
便在那里年复一年地
播下颗颗中华文明的种子

如今，六百年了
一只双龙坛仍然活着

这是中国大地的泥土
搅拌着中国大地的水、火和
中华民族的精魂
孕育的历史信物
更有一块残瓷碎片
清晰地印着一个完整的汉字
——“福”
像一朵盛开的牡丹
像一只圆润的苹果
静静地甜甜地微笑着
望着伤痕累累的大陆
非洲的亲人们呵
请接受吧，这五千年
中华文明最高的哲学精神
是人间最圣洁的仁、爱和理想

呵，六百年大海潮汐
六百年日月寒暑
永恒的只有友谊和祝福

四

遥远却是比邻的阿非利加呵
黑夜般坚强勇敢的大陆
从荒原上的血认识了我们的父亲

佝偻的背，瘦削的肩，变形的脚
从茅檐下的泪认识了我们的母亲
弯下身用乳汁喂养棉花和玉米

如今，颤动的地平线上
随风滚动的再不是
石头、枯蓬和贫穷
当用昨天的死亡解释完生命
便有了今天人们的崛起
属于明天和希望的亲人们呵
让高举的尊严和自由
永远在和平与友谊中
在黑色的大陆上
燃烧不熄

一片枫叶

我的福建朋友、作家陈章武访美，从梭罗故里波士顿寄我一片采自瓦尔登湖畔的枫叶，激起我对三十多年前游瓦尔登湖时情景的回忆。

万里霜天，万里秋风
一片瓦尔登湖畔的枫叶
从地球那边飞到亚细亚·北京
轻轻敲我的窗棂
薄薄的绛红的叶子
带一点风尘、一点兴奋、一点陌生
是湖上一缕霞光
又响着拍岸的水声
像对我频频叮咛

你们不知道，在人间，它
既是晚秋，又是早春
既是大地，又是天空
既是物质，又是精神

既是现实，又是幻梦

三十多年前，深秋
我曾到过那儿，瓦尔登湖
闪闪的涟漪
清香的泥土
苇丛里扑打的翅膀
草野繁响的虫鸣
都是活泼生命的元音
跳跃，流淌，飘动
静谧里，织成天籁的合声

瓦尔登湖的风吹着，吹着
我穿过山林草莽
踏苔藓腐叶
在光影摇动的小径尽头
寻到一座小木屋
炊烟和灰烬早已散净
霉迹斑驳里
只一把铁斧和它凝重的影子
高昂着头，站着，枯守着
孤独、历史、春雨秋风
一柄有思想有性格的铁斧
多么简洁却沉甸甸的生命

主人呢，那个满怀精神痛苦
寻找灵魂居所的人呢
那个聒噪生活里
眯缝着眼思考世界的
清醒的人呢
离去了，把锈蚀的世界留在身后
将渴望、梦
绿色的雨、跳跃的星星和
抱着泥土哭泣的野花
一起塞进背囊离去了
空留阶前
苦涩的蒲公英、乱飞的流萤和
空茫里乡村教堂隐隐的钟声

瓦尔登湖的风吹着，吹着
他赤着脚，肩负着那个
丢失的世界和孤独一起
离去了，离去了，却给历史
留下一个永远、永远
永远也走不远的清晰的背影

收藏了我三十多年影子的湖水
撩过我三十多年前黑发的秋风

湖上飞鸟，湖底游鱼
岁月催老湖畔红枫

朋友呵，感谢你
送我这片深情的叶子
它也许是我当年抚摸过的那棵树
最后飘落的一片
坐在案前灯下
殷殷地望着我
像云，像风，是一则寓言
要引我沿它的叶脉
到淳朴的大自然中去么
离开摩天大楼下匍匐的阴影
离开血火的激流漩涡和
喧嚣浮躁的酒绿灯红
回到人积极的精神理想中去
寻找心灵所应享有的诗情

瓦尔登湖的风吹着，吹着
在大海吞吐的潮汐那边
在遥远舒卷的云层那边
一条迎来五洲四海的小径
一座静静的小木屋
一把倔强的铁斧

一片美丽的在自由中
歌唱了一生的叶子
在新的觉醒中引我们思考
从大地呼吸里
领悟生命
在浩渺时空中
追索人生

握　手

——国际诗人笔会记事

感谢你和你们
伸给我温暖的手
黄色的，黑色的，白色的
不同种族肤色的手
有的戴着大戒指
有的染着雪茄的香味
一双双宽厚又柔软
你带来南亚的阳光、南亚的云雨
你带来非洲腹地大仙人掌倔强的影子
你带来密西西比河灿烂的霞光
带来新文明和撼人心魄的美
你带来加勒比海岛群的渔歌
你带来阿尔卑斯山脚乡村酒店的土酒
这么多故事、传说和谣曲
又近又遥远，像飘动的篝火
你的手上有民族的眼睛

有老阿妈干瘪的乳房
有老阿爸变形皴裂的脚
阵阵沉郁的鼓声
是古大陆胸腔滚动的力量
你擦净民族伤口的血
又举起自由的旗帜
你以死亡和生命创造了历史
你把思想和形象埋在文字后面
把诗当做生命的另一种形式
带到这里
从每双手指缝流下来
不同文字和语音的诗句
激情和美却相同
如潺潺的溪水
他们后面是生活的真实
我们的手握在一起
世界就再没有距离

现在，我们一起坐在草地长椅上
唱歌
诗就一起坐在草地长椅上
唱歌
阳光照着，清风吹着
快乐的琴键跳动着

逻辑告诉我
当一扇扇心灵的门打开
爱就睁开眼睛
睁开眼睛的爱
是人类最美的微笑

二十世纪

大海的潮汐
一次次卷来又退去
钢琴琴键上
滚过多少支挽歌和颂诗

二十世纪已经过去
我曾在它的缝隙生活过
也许它早把我忘记
它就埋在我的伤疤下
不发一语

世界没有哪座山哪条河不记得
曾发生两次人类大屠杀
正义与邪恶的大搏斗
怎样改变着世界
染出多少血色的晨曦

一个个不同肤色的

脆弱又坚强的生命
一次次辨认着野蛮和真理
又一次次从毁灭中站起来
重新认识自己
他们创造出新思想，新生命
在瓦砾上建起新城市
在屋顶、广场
甚至遥远浪尖的小岛上
升起一面面崭新的旗帜
之后，又有人登上了月球
自然又有人造出新武器

二十世纪每天都是很忙
不同文字的报纸、荧屏
总是新闻跟着新闻
有的是花一般的欺骗
有的是血一般的真实

二十世纪已经过去
野草掩埋的墓碑
即使已倾倒、断裂
却怎么也不会忘记
那哭，那笑，祈祷，救赎
也有人把它铸进青铜

也有人把它写入历史
一个个似远还近的日子
夜半，常使我从梦中惊醒

今天的年轻人不理解
为何教堂悠悠的钟声
震颤摇曳的烛光
总辉映着闪闪的泪滴
阵阵没有国籍的风
为何不论寒暑，吹过来吹过去
总拂动泪湿的手帕

二十世纪已经过去
一个个似近已远的日子
或说它是一阵暴雨狂风
或说它是一声叹息

今天，老人坐在灯下
瘦弱的手指已翻不动
发黄的史书
小学里，叽叽喳喳的孩子们静下来
听老师讲当年的故事
大睁着一双双惊奇的眼睛

诗使我变成孩子

一生几十年
诗始终陪伴我，召唤我
站在比生活和生命更高的地方
在云那边，山那边
小斑鸠的叫声那边
是母亲温暖的胸膛
是妻子甜蜜的嘴唇

一生几十年
曾经历多少险山恶水、疾风骤雨
如今，都已遥远，却仍清晰
几十年，常常迷失却又重新发现自己
迷失，再找不到自己的影子
重新发现的仍是那颗头颅的自己
几十年，常常记起许多事物却又总忘记
记起，犹如衣袋的钥匙
忘却，似拂落肩头浮尘，再无踪迹
一生几十年

它教我学水的透明、火的纯净
泥土的憨厚、淳朴和正直
它教我寻找和倾听
许多不认识、不理解的
黑夜的谎言和阳光下的真理

当然，也有心头流淌的
凄苦的泪、滚烫的血
这些生命中严肃圣洁的东西
常使我惊悚得痛哭
它便一遍遍拍我、哄我，擦去泪水
“别哭，一切都会过去！”

尽管我的肌肤已经苍老
它却换下我一颗九十岁的心脏
把美全部都送给我
美是我的第二个太阳
我的灵魂便变得
又天真，又透明，又简洁
诗使我变成了孩子

春天，当你看见蓊郁的树林中
一片绿油油的叶子在枝头摇曳
那就是我在歌唱

附：

李瑛著作书目

书　名	出版年份	出版单位
石城底青苗（五人合集）	1944	河北唐山
枪	1948	青岛文艺社
野战诗集	1951	上海杂志出版社
战场上的节日	1952	上海杂志出版社
天安门上的红灯	1954	人民文学出版社
友谊的花束	1955	新文艺出版社
早晨	1957	作家出版社
时代纪事	1959	长江文艺出版社
寄自海防前线的诗	1959	解放军文艺出版社
颂歌	1961	北京人民出版社
花的原野	1963	百花文艺出版社
静静的哨所	1963	解放军文艺出版社
红柳集	1963	作家出版社
献给火的年代	1964	作家出版社

枣林村集	1972	北京人民出版社
红花满山	1973	人民文学出版社
北疆红似火	1975	人民文学出版社
站起来的人民	1976	北京人民出版社
进军集	1976	人民文学出版社
难忘的一九七六	1977	上海人民出版社
早春	1979	人民文学出版社
在燃烧的战场	1980	广东人民出版社
我骄傲，我是一棵树	1980	江苏人民出版社
李瑛诗选	1981	四川人民出版社
南海	1982	上海文艺出版社
春的笑容	1983	文化艺术出版社
李瑛抒情诗选	1983	人民文学出版社
望星	1984	百花文艺出版社
美国之旅	1985	四川文艺出版社
战士们万岁	1985	解放军文艺出版社
江和大地	1986	作家出版社
李瑛国际题材诗歌选	1986	山东文艺出版社
青春祝福	1987	中国青年出版社
红豆	1988	湖南文艺出版社
月亮谷	1990	北岳文艺出版社
日本之旅	1990	日本国(株)德间交流公司
对诗的思考	1991	解放军文艺出版社
多梦的西高原	1991	中国文联出版公司
山草青青	1992	四川文艺出版社
睡着的山和醒着的河	1992	华艺出版社

纸鹤	1993	大众文艺出版社
生命是一片叶子	1995	解放军出版社
远方	1996	中国文联出版公司
黄昏与黎明	1998	解放军文艺出版社
我的中国	1998	百花洲文艺出版社
情歌和挽歌	2000	中国青年出版社
李瑛近作选	2000	人民文学出版社
倾诉	2001	作家出版社
诗美的追寻	2002	中国文联出版社
李瑛短诗选	2002	银河出版社
出发	2004	华文出版社
野豆荚集	2005	长征出版社
中国当代名诗人选集·李瑛卷	2006	人民文学出版社
共和国作家文库：盐和糖	2009	作家出版社
河流穿过历史	2009	作家出版社
北窗集	2009	上海文艺出版社
李瑛诗文总集（十四卷）	2010	中国文联出版社
李瑛七十年诗选（上下）	2011	人民文学出版社
拾落红集	2012	线装书局
比一滴水更年轻	2013	作家出版社
李瑛诗选·逝水	2014	解放军文艺出版社
诗使我变成孩子	2017	昆仑出版社